句集

墨縁

岡崎　桜雲

文學の森

句集　墨縁――目次

新春　13
吊るされし筆の垂直年明けぬ　15
一管の筆を命に去年ことし　16
書初や筆に手のうち知られをり　17
試筆まづわれにめぐりし干支一字　18
点一つ線一本の書に淑気　19
万葉仮名は日本の宝筆始　20
墨磨つておのれかがやく三ケ日　21
争ひ絶えず人ら地球の春を祝ぐ　22
背丈また伸びて春着を見せに来る　23
三日はや机辺の乱れ親しみて　24
墨の香をみたして過ぎし三日かな　25
巻ぐせの直りし暦松明けぬ　26

麗春

一穢なき土佐の青天春立ちぬ 27
土をまだ知らぬあうらよ春きざす 29
春そこに来てゐる墨を磨りにけり 30
濃くうすく墨の機嫌や春寒し 31
選句てふ真剣勝負冴返る 32
風連れて土佐の春寒あなどれず 33
読み解けば酒の詫状春寒し 34
雛の夜のこころゆるせし長電話 35
入れかはり来て愛の日の庭の鳥 36
水に落ち椿まつすぐ流れけり 37
地虫出ていくさなき世をたしかむる 38
山笑ふ土佐は自由を生みし国 39
卒業子去り考へる人のこる 40
41

墨縁の卒寿白寿を迎ふ春　42
風光る大師が硯採りし浦　43
存続と決まりし渡船さくら東風　44
海はもう間近急ぐな春の水　45
花吹雪浴びつつ湧きて来る力　46
春光のあまねく一門展ひらく　47
花に別れし人のその後を誰も知らず　48

緑夏

緑夏　49
汚れなき地球を子らに子供の日　51
少年の明日を信じて聖五月　52
核なき世夢のまたゆめ聖五月　53
聖五月この町が好き人が好き　54
聖五月花屋道まで花あふれ　55

聖五月真白き筆をおろしけり　56
気まぐれの風が青田の和を乱す　57
滑走路青田へ伸びて来てとまる　58
少年の画布をはみ出し城若葉　59
万緑をくぐり来し水力みつ　60
大蛍ゆらりとわれをさへぎりぬ　61
君とゐて蛍の闇のやはらかし　62
空梅雨をよろこぶ農を捨てし国　63
田を捨てし人のそののち梅雨の月　64
六月の花嫁となる海越えて　65
夏川をまたぎ全長余る汽車　66
峰雲の崩るる音を誰も知らず　67
向日葵や戦知らざる子の背丈　68
風鈴売いくら売りても音へらず　69

香を立てていのち涼しく減らす墨　70
墨を磨る手元涼しく想生るる　71
美しき手に拾はれて落し文　72
うすものを着ていささかの隙見せず　73
うすものを着て美しく老いたまふ　74
今宵来ぬ守宮に窓の灯をのこす　75
思はざる風の道あり夜の秋　76
いつの間に筆ふえてゆく夜の秋　77
墨惜しむこと書の極意夜の秋　78

爽秋　79

ダム底の村も流燈明りゐむ　81
踊唄ダム湖に月の落つるまで　82
八月や戦火潜りし人ら老ゆ　83

八月や天を汚せる罪とはに　84
雲湧きて湧きて動かず敗戦忌　85
雲一つ窓を動かず敗戦忌　86
飽食のテレビ番組敗戦忌　87
浮かれゐるテレビを消しぬ敗戦忌　88
筆洗ひ清めて更くる敗戦忌　89
みちのくの核をおそるる秋暑かな　90
居据りて土佐の残暑のゆるがざる　91
秋立つと人を励ましおのれまた　92
外つ国の旅にしのばす秋扇　93
持ち古りし筆は分身秋立ちぬ　94
画仙紙の真白に秋の気配はや　95
渇筆の一刷き雲はすでに秋　96
磨る墨の香に心みつ今朝の秋　97

大花野夢にわたれば風のごと 98
露の世に人のこされて経をよむ 99
描かるるりんごの顔のどちら向き 100
天高し島をまたぎて汽車走る 101
土佐なれや十月いまだ暑の去らず 102
灯親し穂先よく利く筆を得て 103
水差して硯の声をきく夜長 104
燈火親し墨に五彩のありとこそ 105
筆とりてみちくる力鵙高音 106
澄冬 107
大土佐の一日しづかに冬立ちぬ 119
再会の握手もどかし旅小春 110
小康の人に小春の日がまぶし 111

方言にあたたかさあり土佐小春　112
小春日や筆師あまたの筆提げて　113
ゆつくりと墨は磨るべし小春の日　114
冬麗や心にかなふ墨の伸び　115
冬麗や土佐和紙つよく墨を吸ふ　116
弱腰の筆をはげまし日脚伸ぶ　117
筆あまた使ひ散らして日短　118
極月の硯は塵をおきやすく　119
ゆく年の流れにまかせ墨を磨る　120
あしきことよきことあまた年移る　121
文房の四宝に感謝年送る　122
あとがき　124

題簽　著者
装丁　文學の森装幀室

句集

墨縁

新春

吊るされし筆の垂直年明けぬ

一管の筆を命に去年ことし

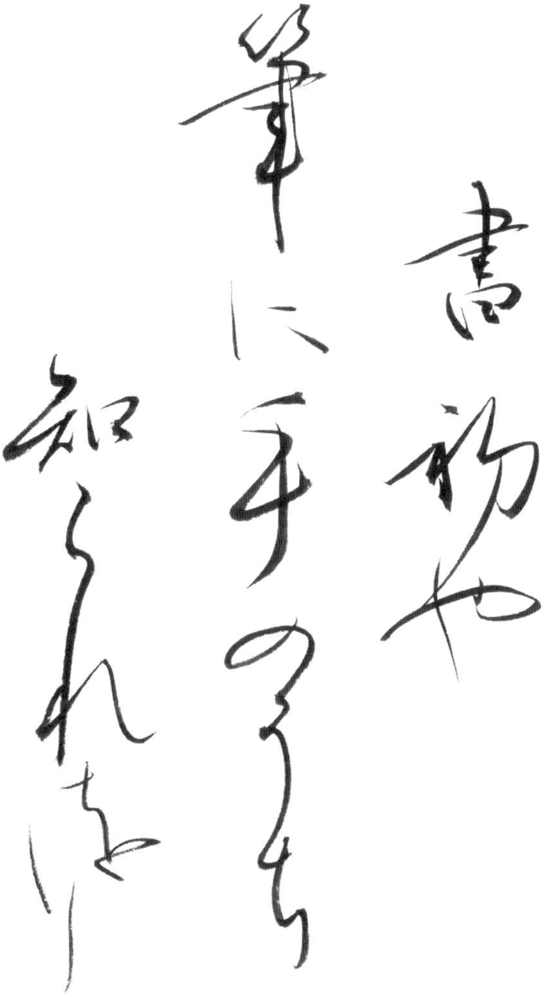

書初や筆に手のうち知られをり

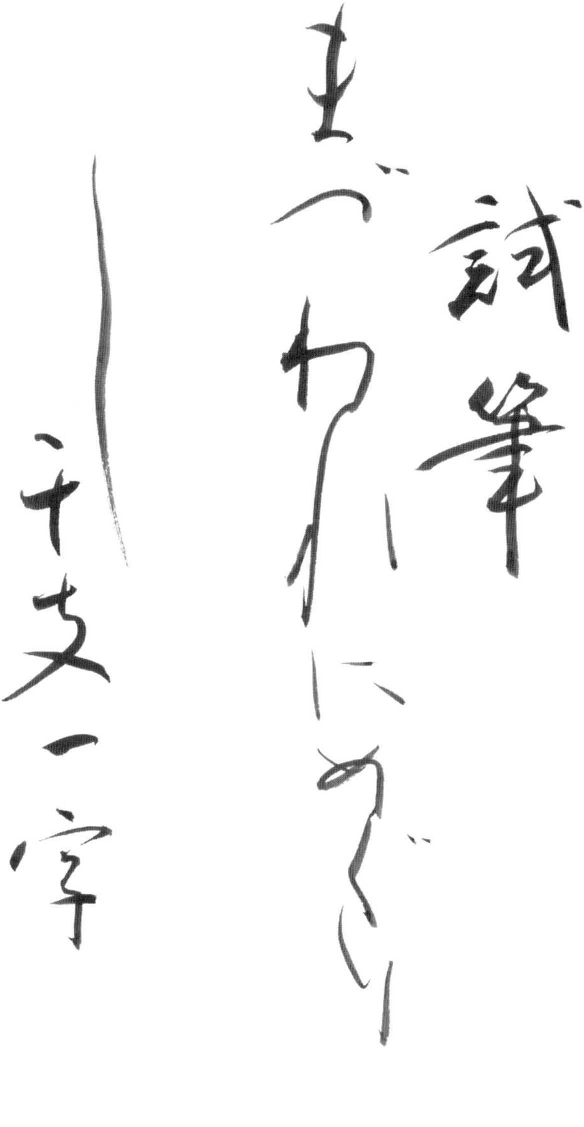
試筆まづわれにめぐりし干支一字

試筆まづわれにめぐりし干支一字

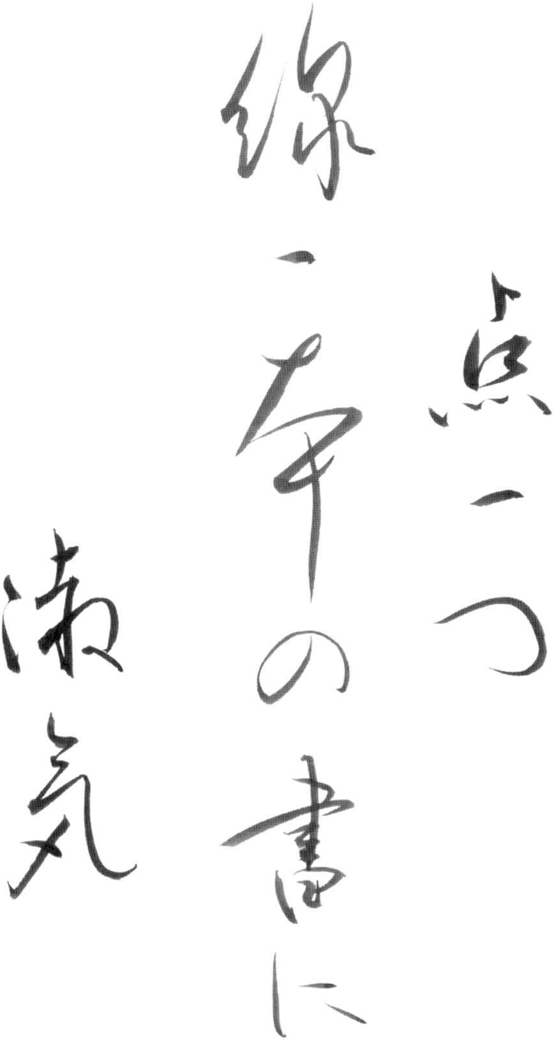

点一つ線一本の書に淑気

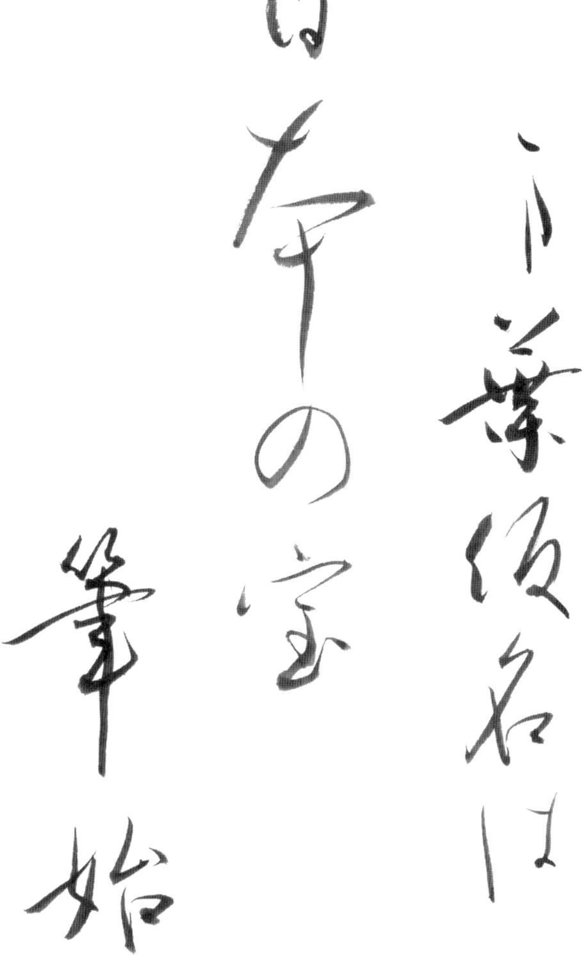

万葉仮名は日本の宝筆始

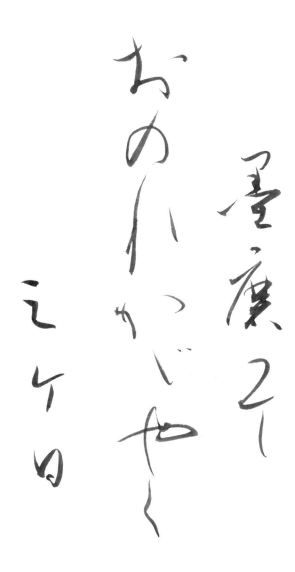

墨磨つておのれかがやく三ケ日

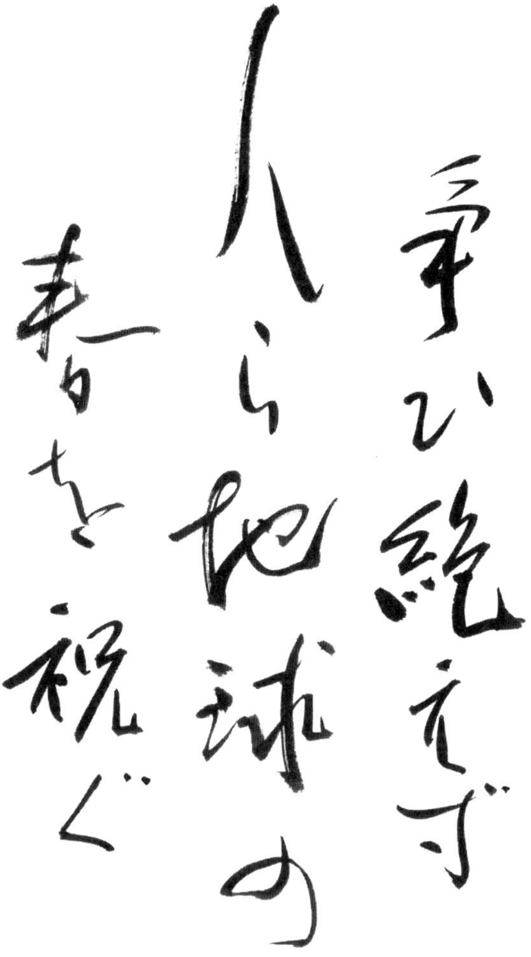
争ひ絶えず人ら地球の春を祝ぐ

争ひ絶えず人ら地球の春を祝ぐ

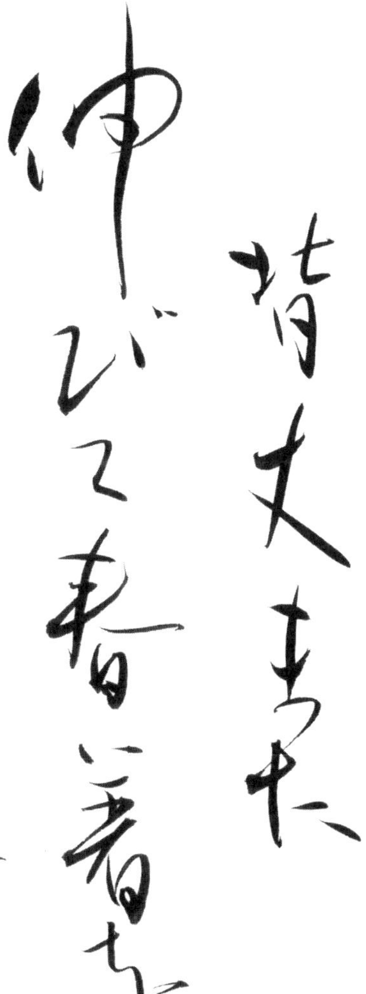

背丈また伸びて春着を見せに来る

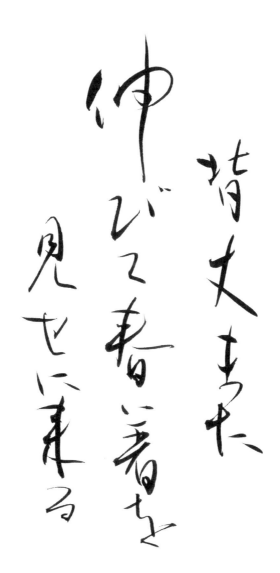

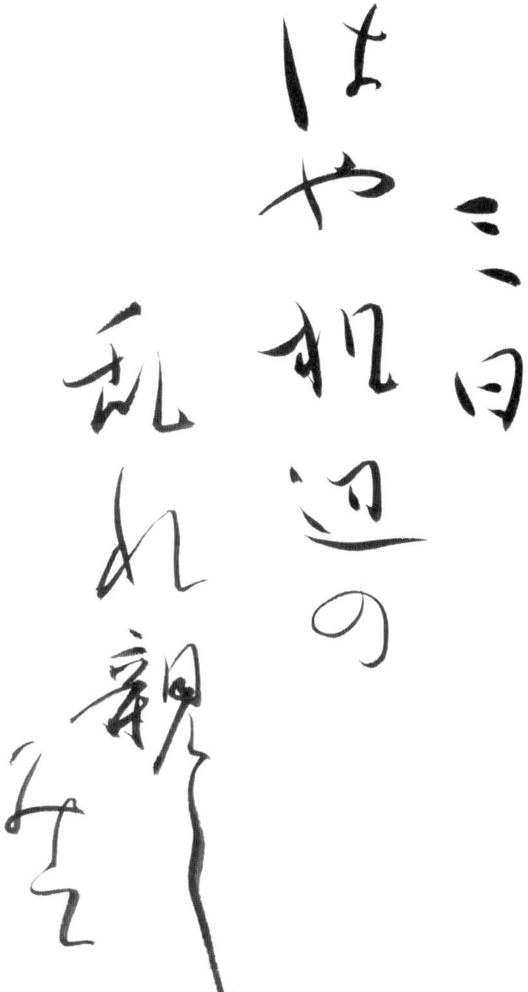

三日はや机辺の乱れ親しみて

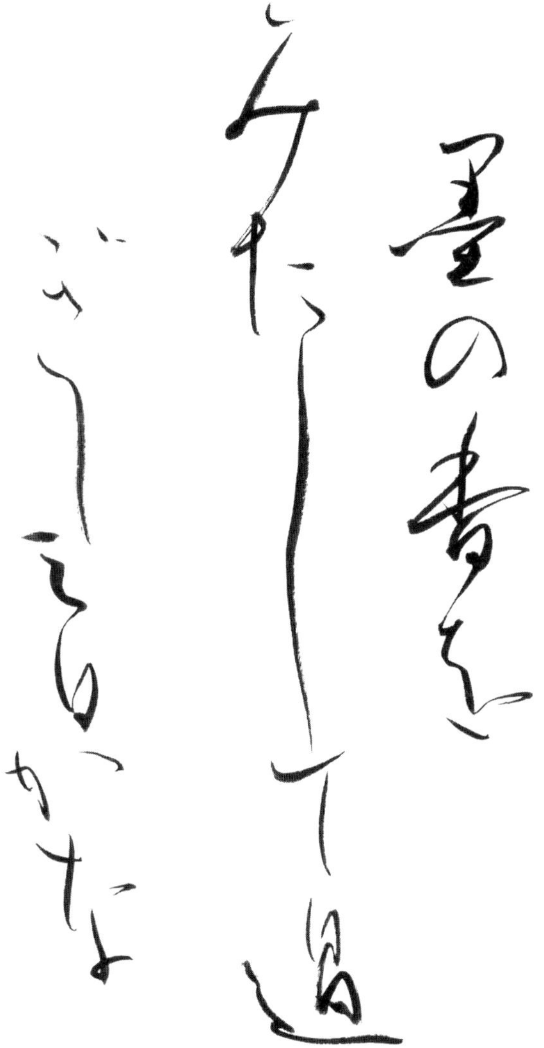

墨の香をみたして過ぎし三日かな

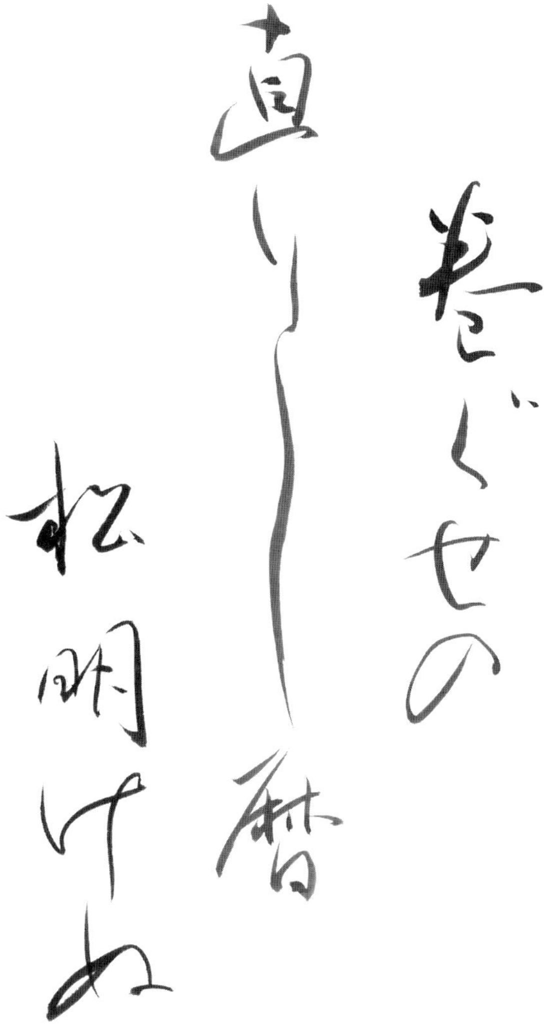

巻ぐせの直りし暦松明けぬ

麗春

一穢なき土佐の青天春立ちぬ

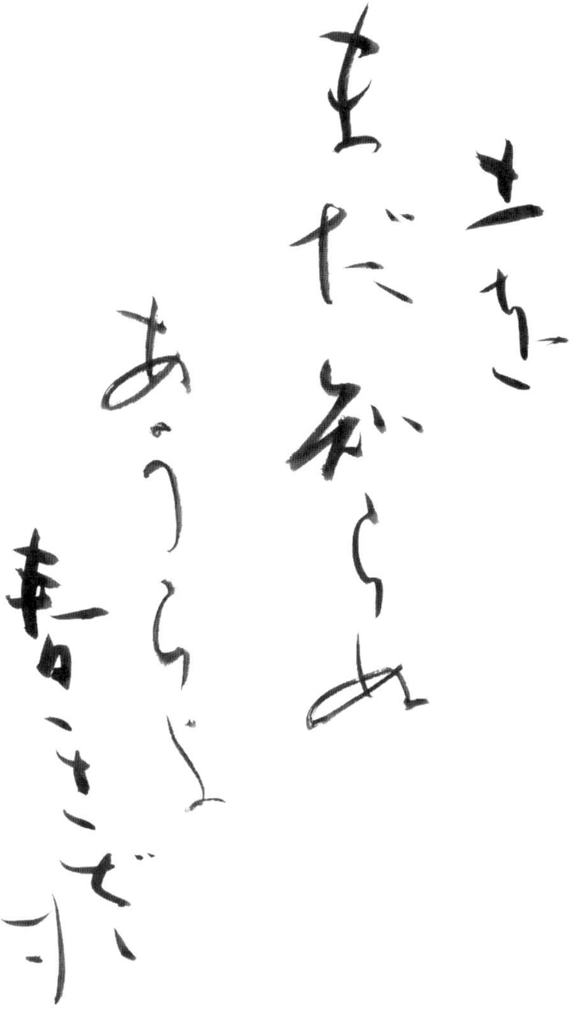

土をまだ知らぬあうらよ春きざす

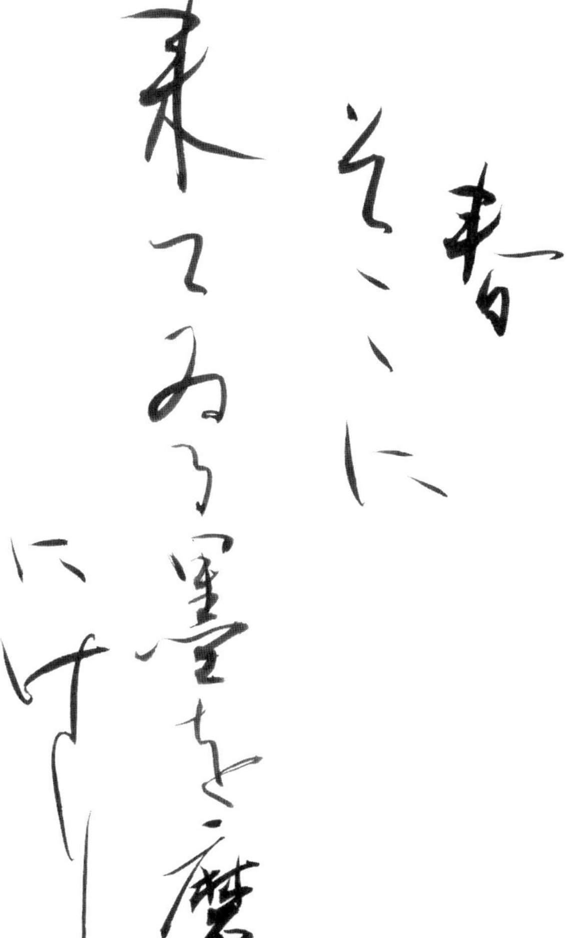
春そこに来てゐる墨を磨りにけり

春そこに来てゐる墨を磨りにけり

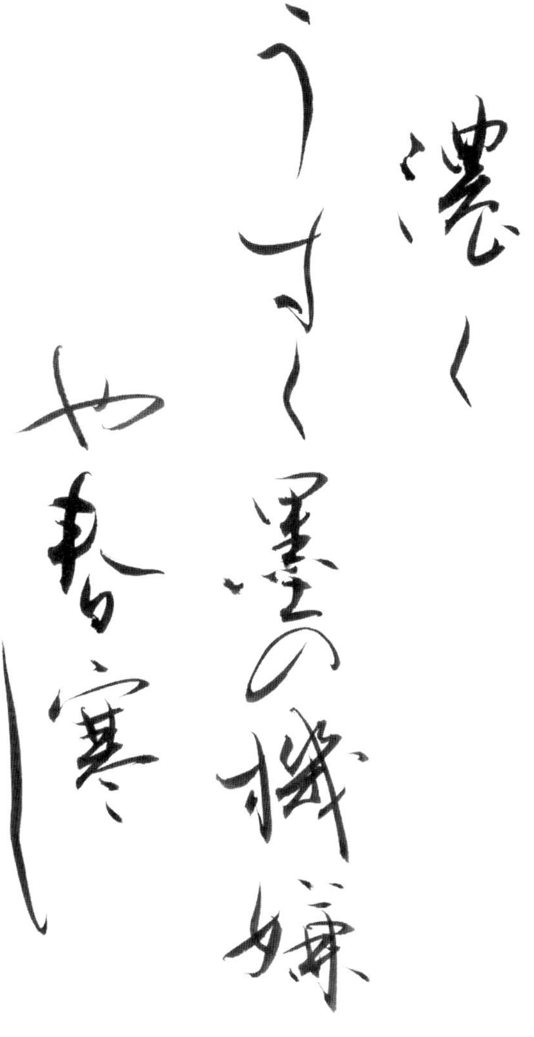

濃くうすく墨の機嫌や春寒し

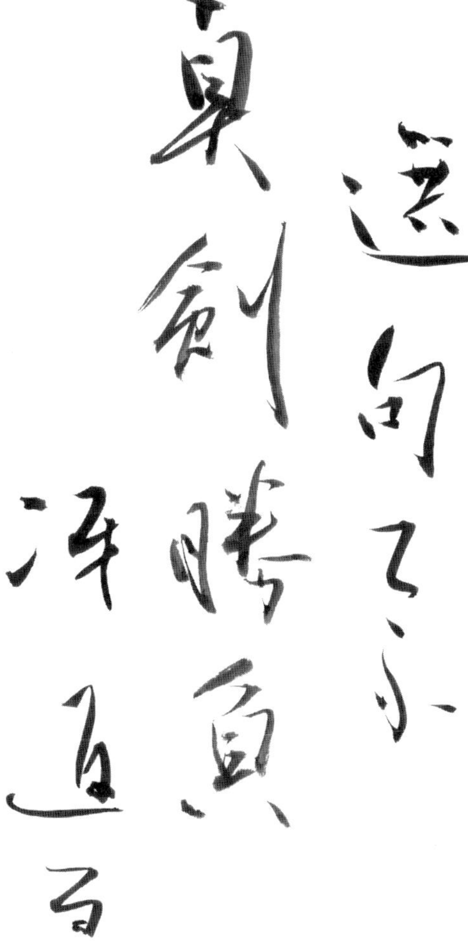

選句てふ真剣勝負冴返る

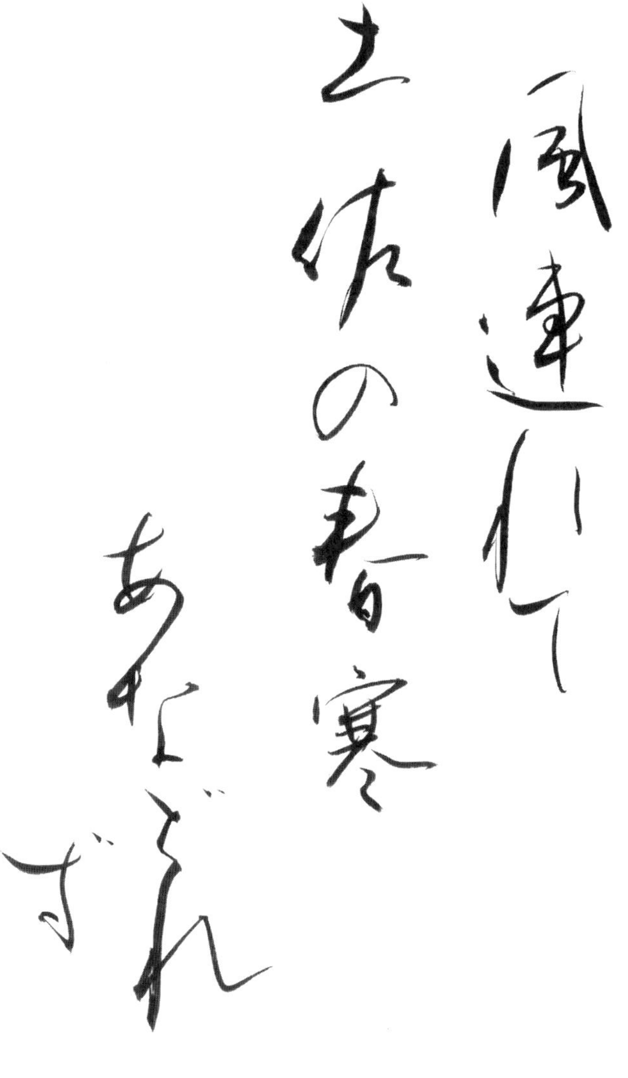
風連れて土佐の春寒あなどれず

風連れて土佐の春寒あなどれず

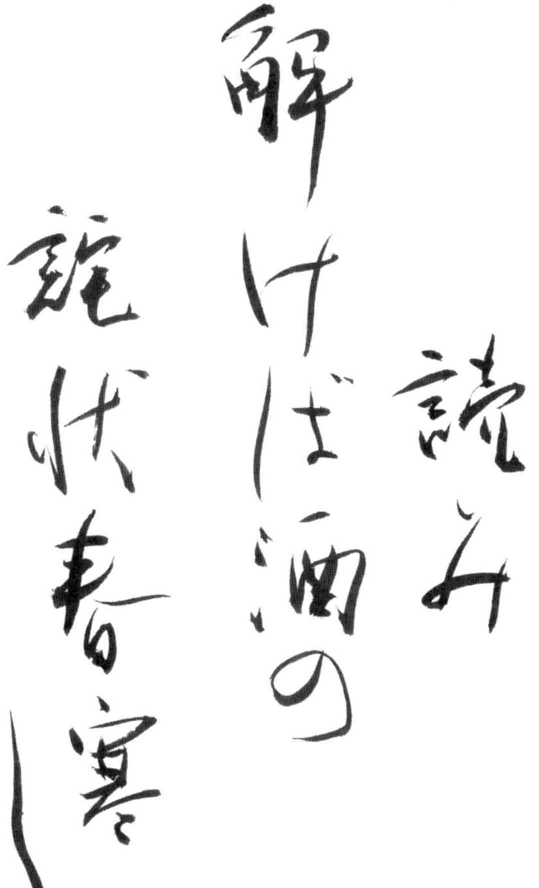

読み解けば酒の詫状春寒し

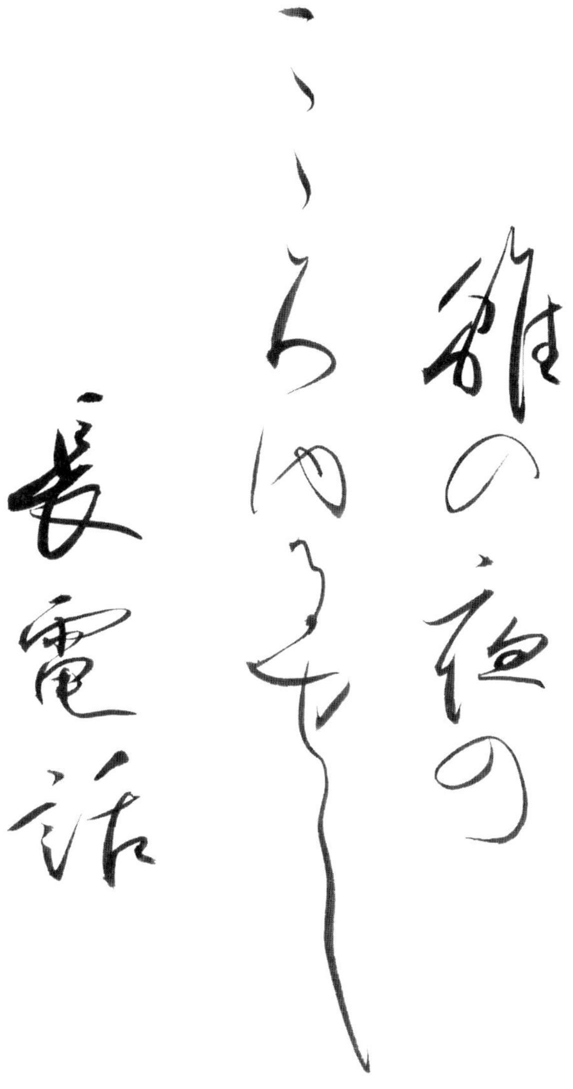
雛の夜のこころゆるせし長電話

雛の夜のこころゆるせし長電話

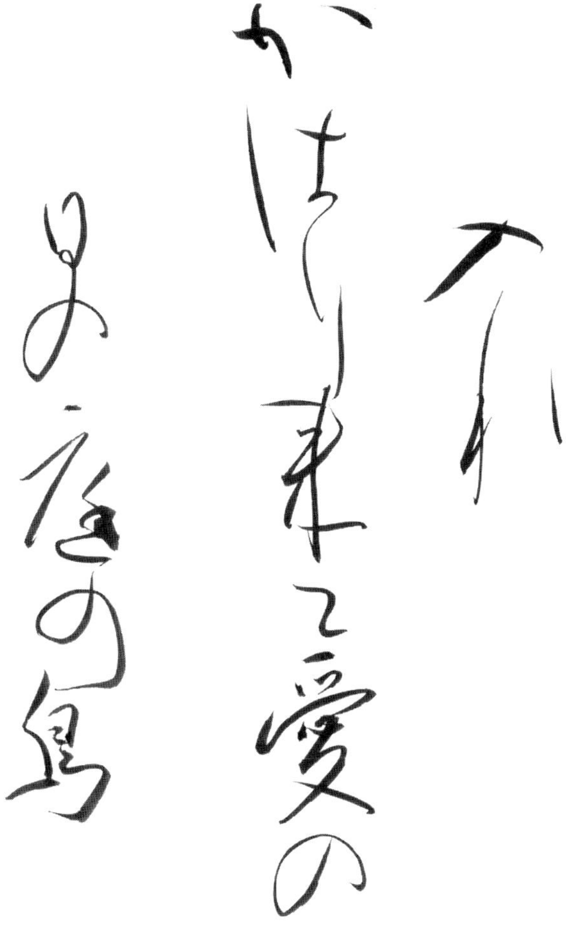

入れかはり来て愛の日の庭の鳥

水に落ち椿まつすぐ流れけり

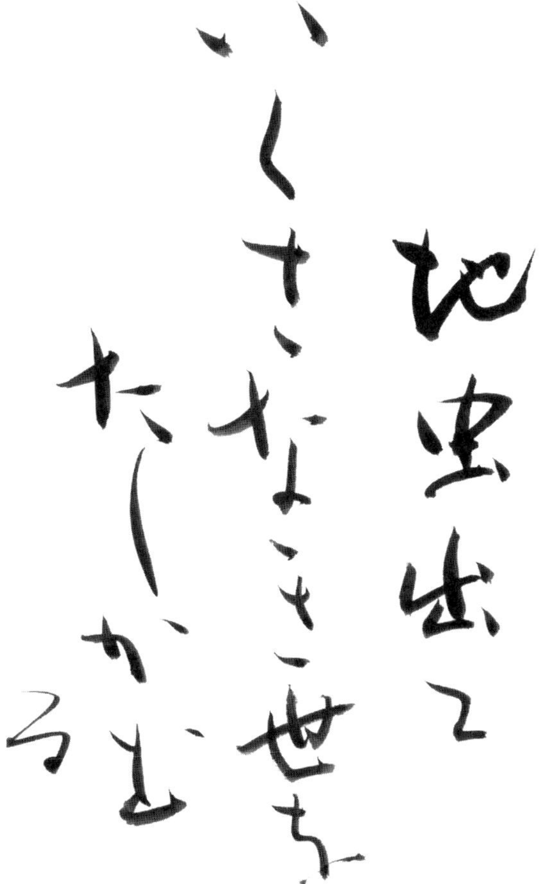

地虫出ていくさなき世をたしかむる

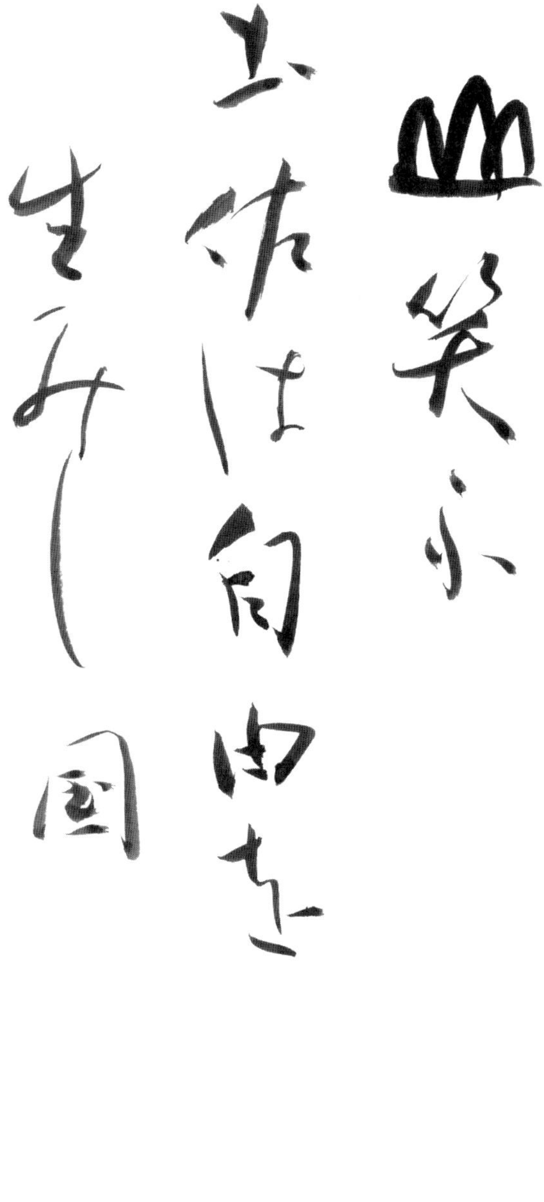

山笑ふ土佐は自由を生みし国

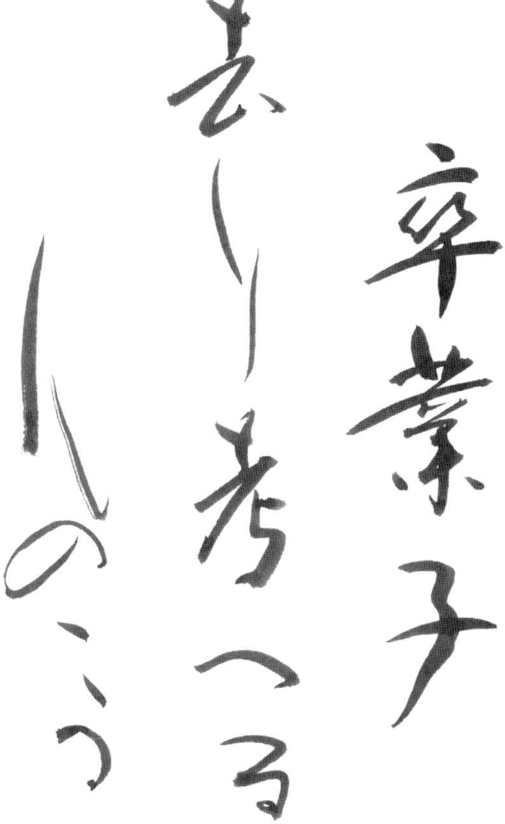

卒業子去り考へる人のこる

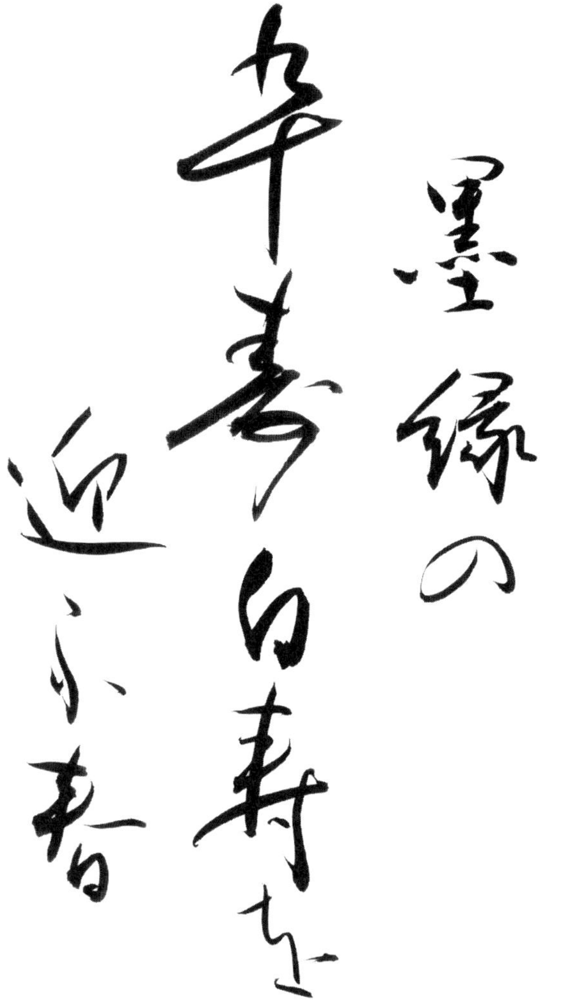

墨縁の卒寿白寿を迎ふ春

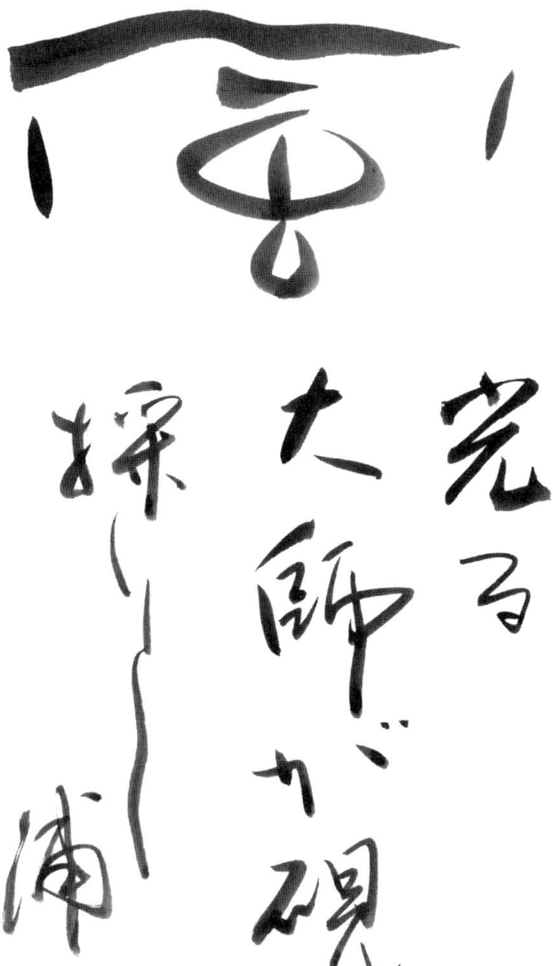

風光る大師が硯採りし浦

存続と決まりし渡船さくら東風

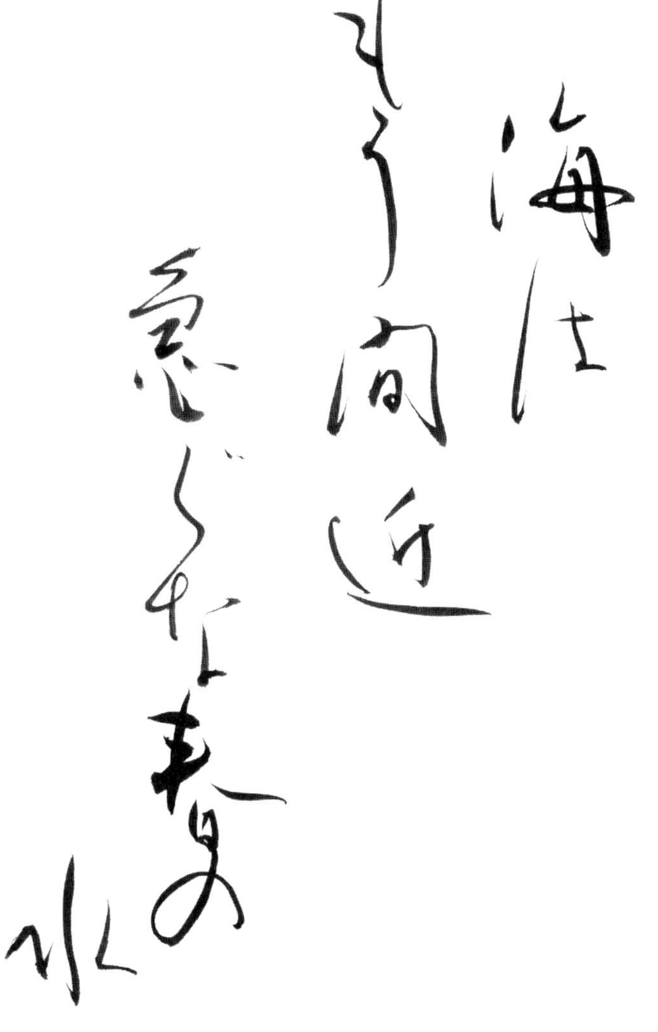

海はもう間近急ぐな春の水

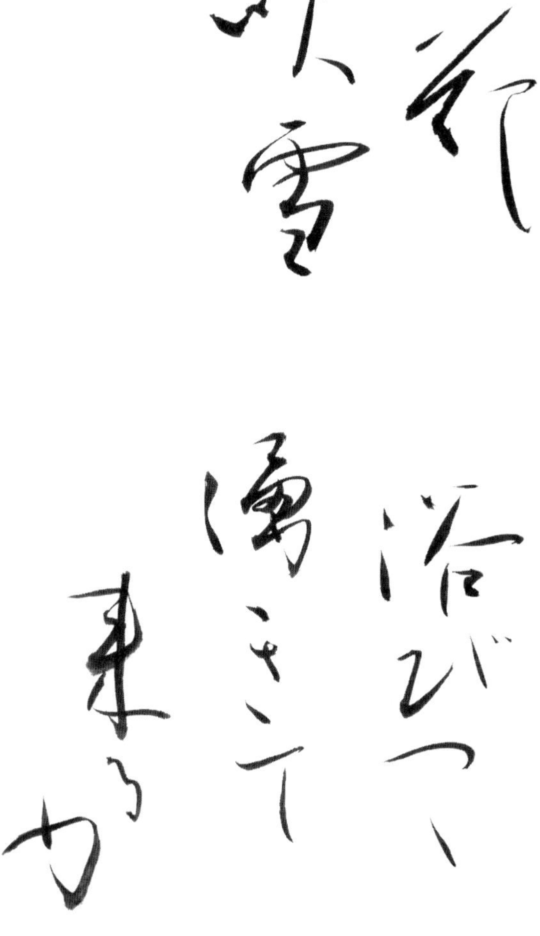

花吹雪浴びつつ湧きて来る力

春光のあまねく一門展ひらく

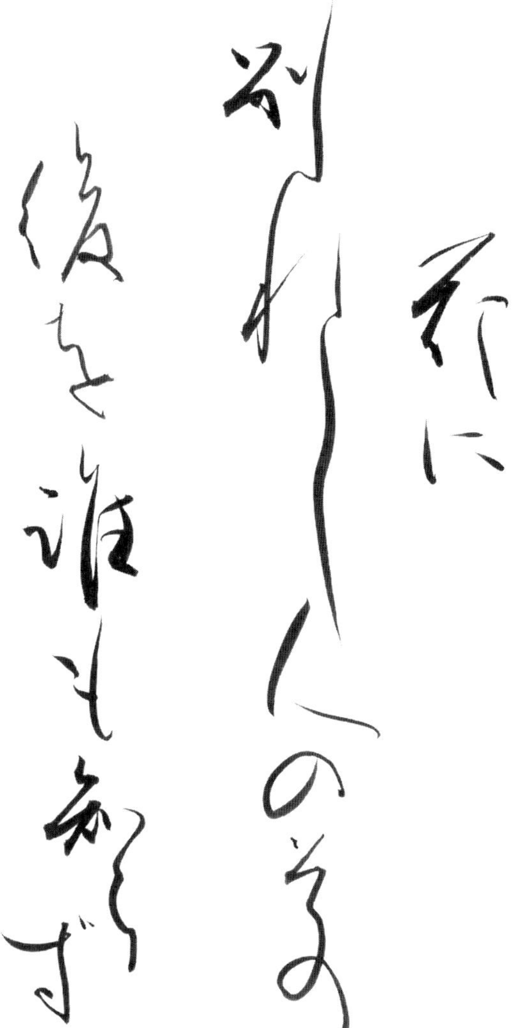

花に別れし人のその後を誰も知らず

緑夏

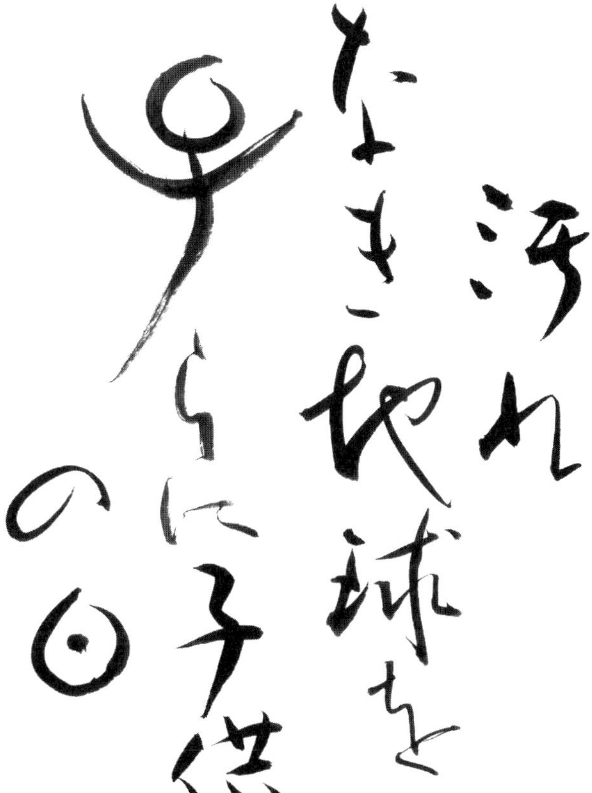
汚れなき地球を子らに子供の日

汚れなき地球を子らに子供の日

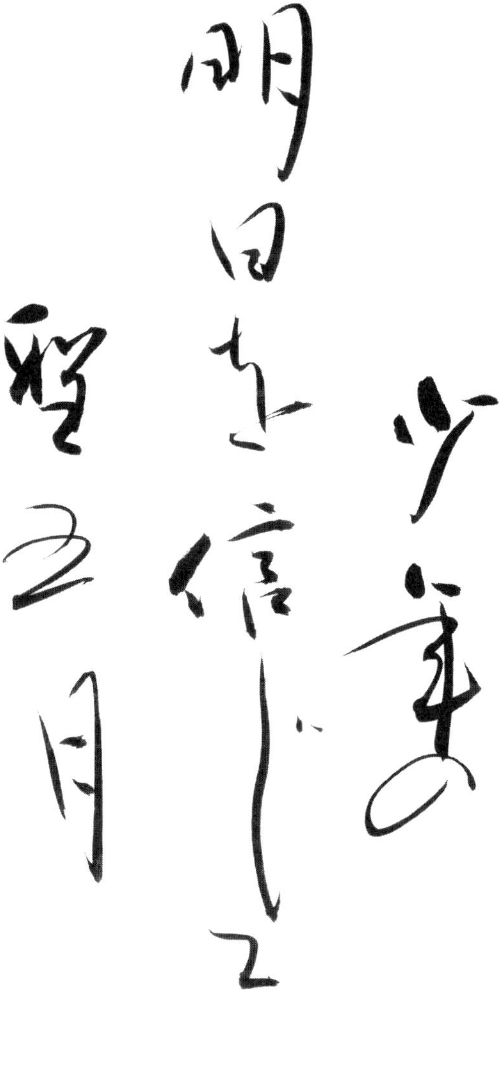

少年の明日を信じて聖五月

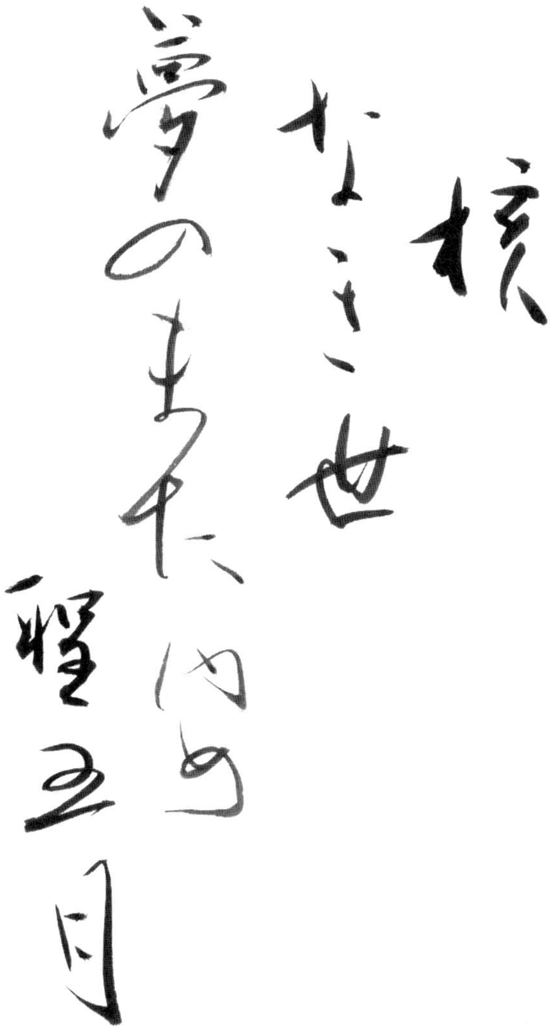

核なき世夢のまたゆめ聖五月

聖五月この町が好き人が好き

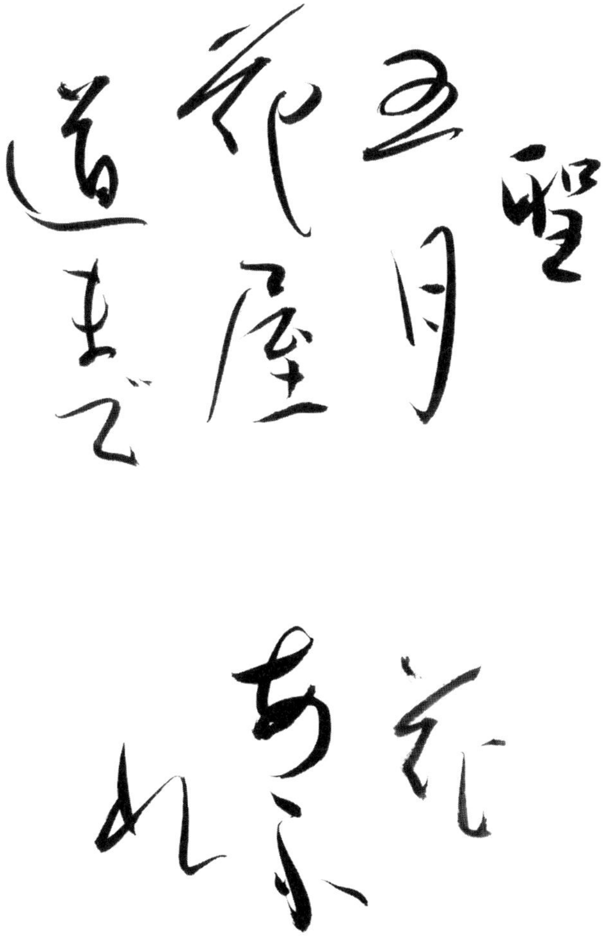

聖五月花屋道まで花あふれ

聖五月真白き筆をおろしけり

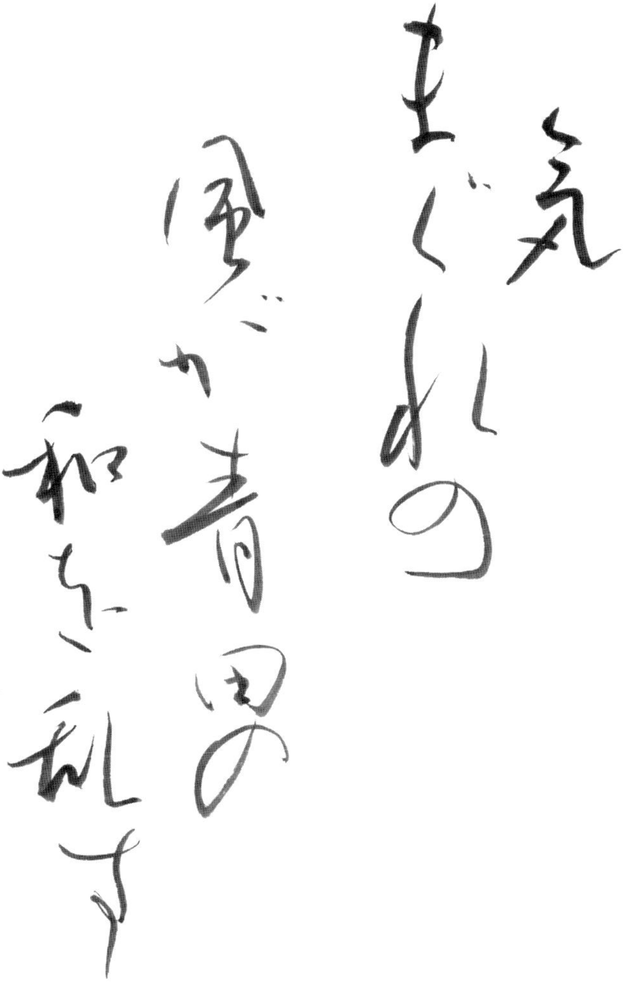

気まぐれの風が青田の和を乱す

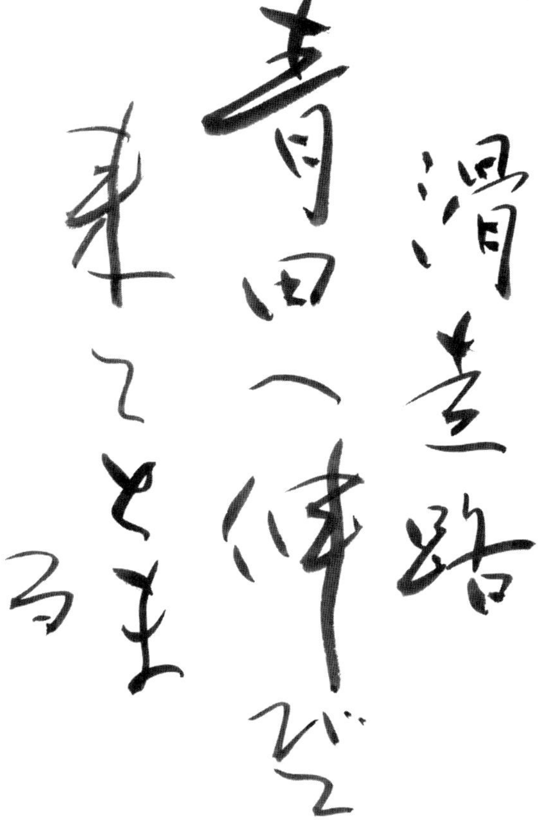
滑走路青田へ伸びて来てとまる

滑走路青田へ伸びて来てとまる

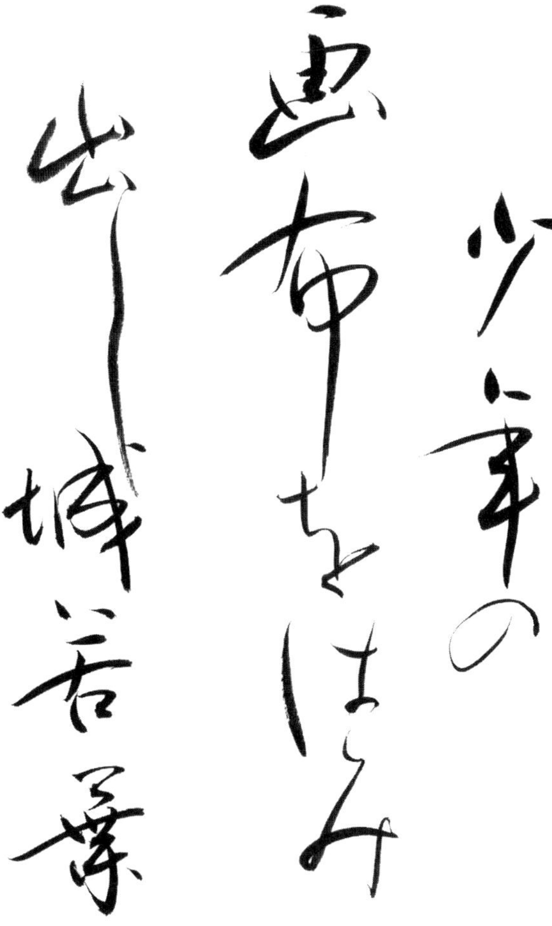

少年の画布をはみ出し城若葉

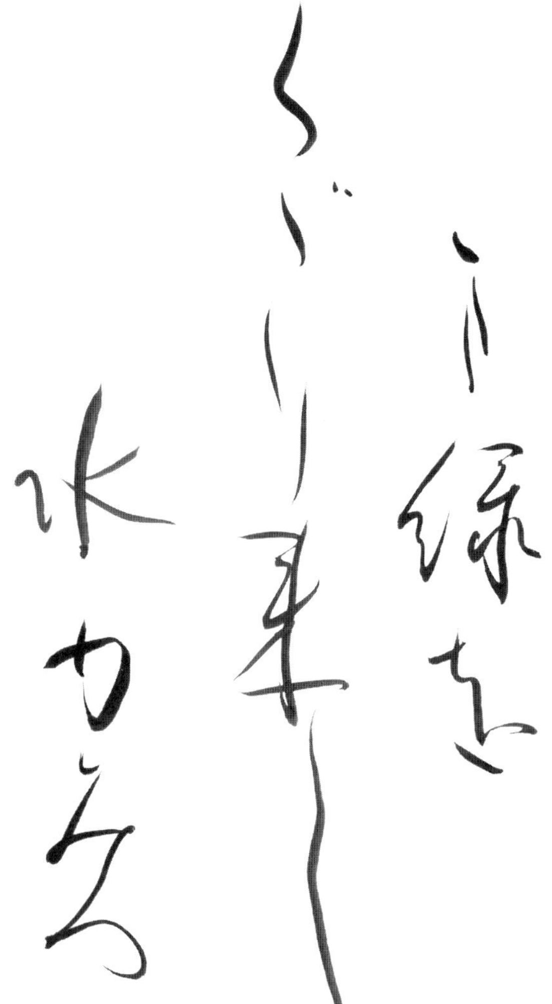

万緑をくぐり来し水力みつ

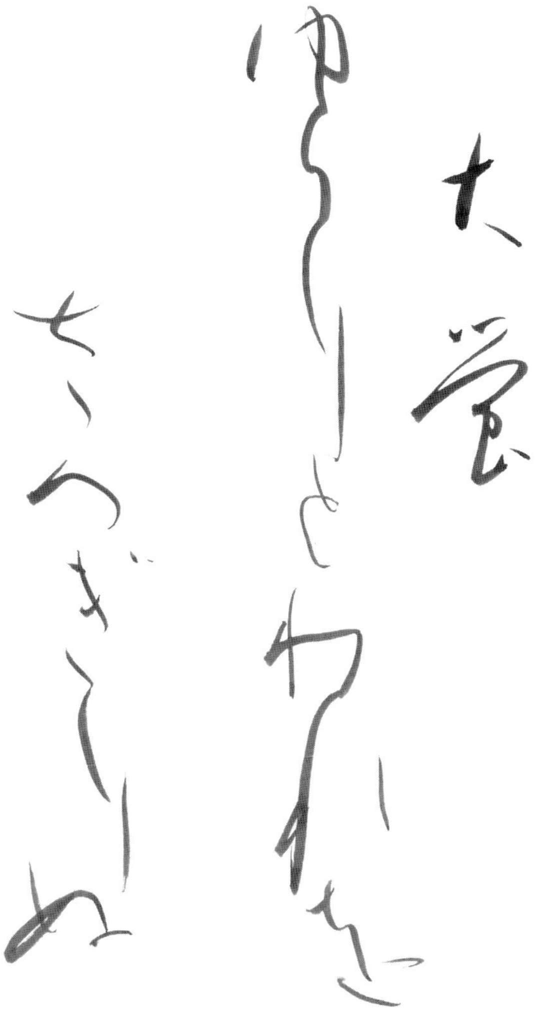

大蛍ゆらりとわれをさへぎりぬ

君とゐて蛍の闇のやはらかし

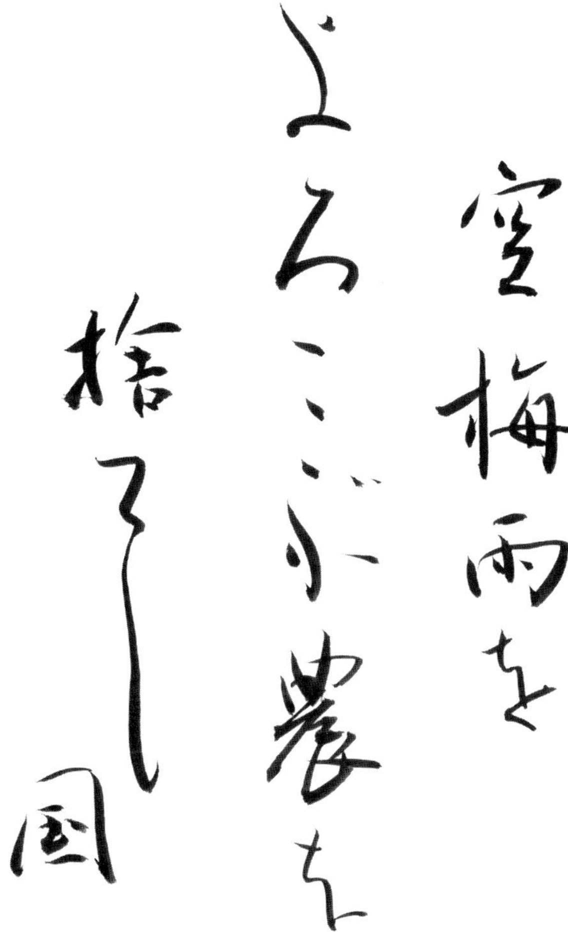

空梅雨をよろこぶ農を捨てし国

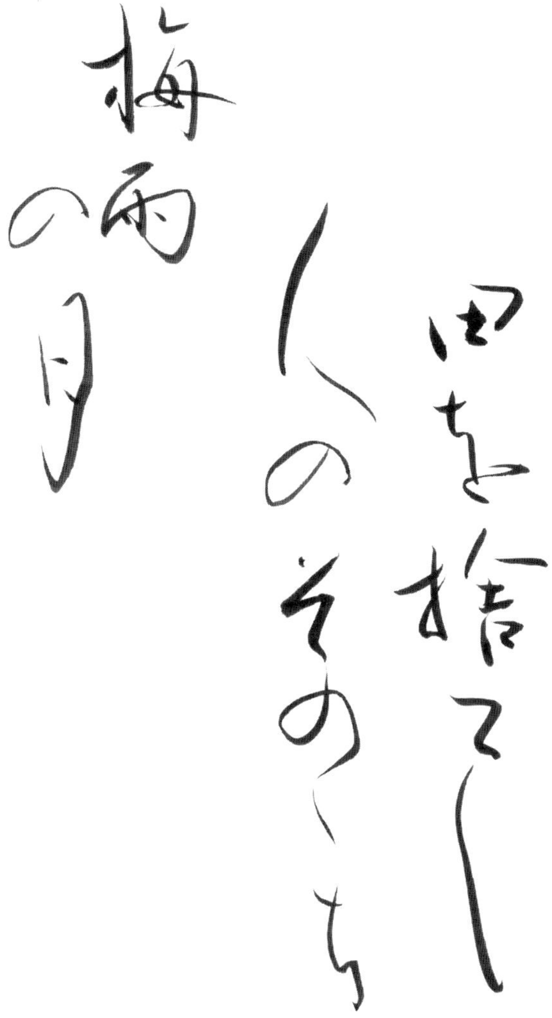

田を捨てし人のそののち梅雨の月

六月の花嫁となる海越えて

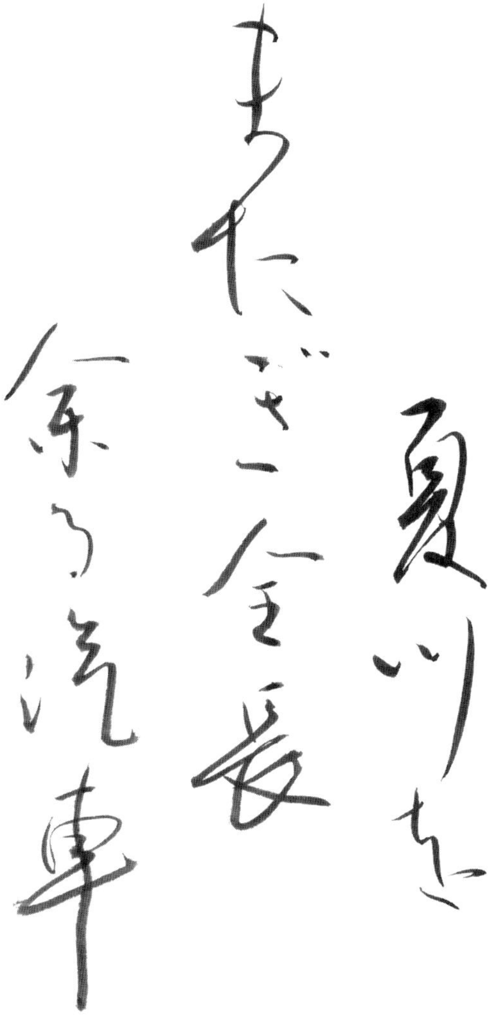

夏川をまたぎ全長余る汽車

峰雲の崩るる音を誰も知らず

向日葵や戦知らざる子の背丈

風鈴売いくら売りても音へらず

香を立てていのち涼しく減らす墨

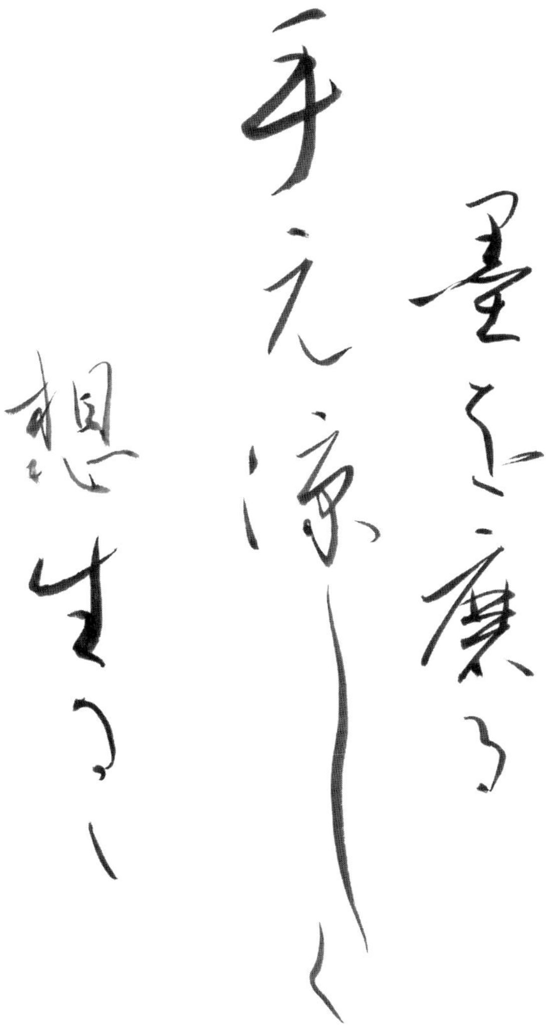

墨を磨る手元涼しく想生るる

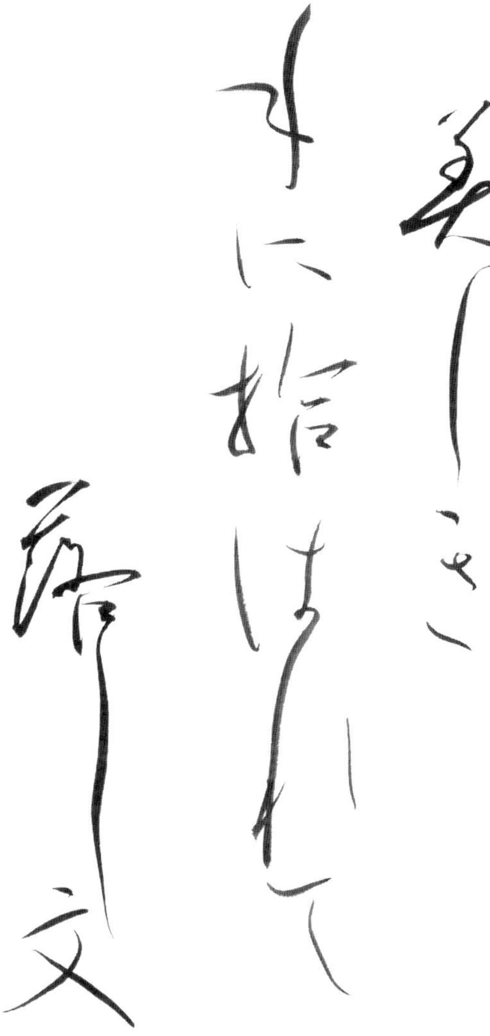

美しき手に拾はれて落し文

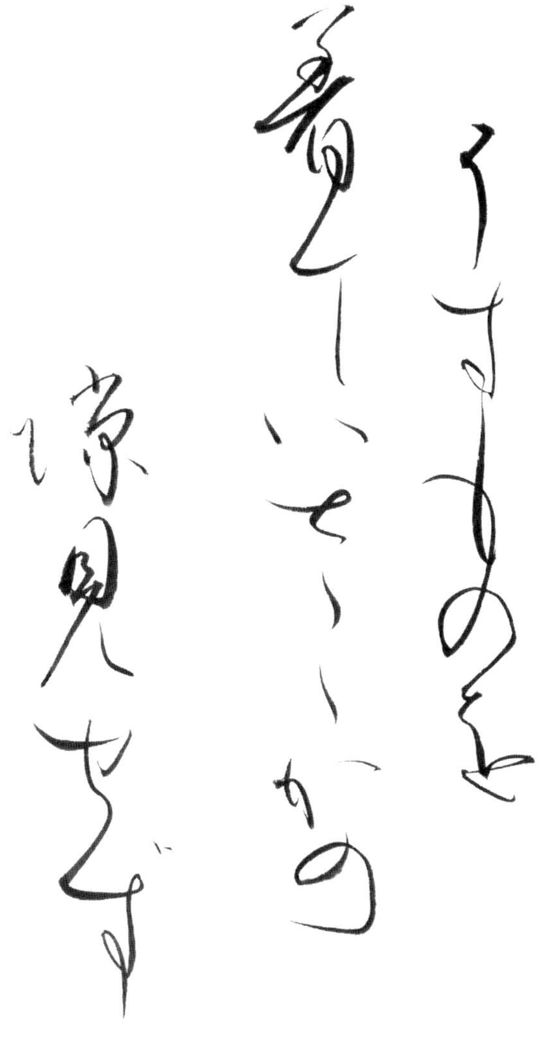
うすものを着ていささかの隙見せず

うすものを着ていささかの隙見せず

うすものを着て美しく老いたまふ

今宵来ぬ守宮に窓の灯をのこす

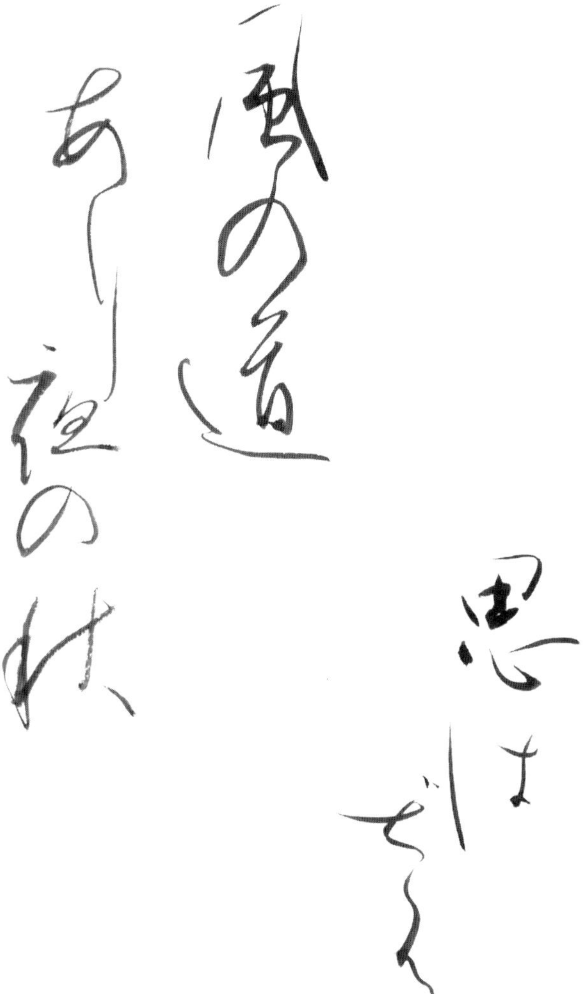

思はざる風の道あり夜の秋

いつの間に筆ふえてゆく夜の秋

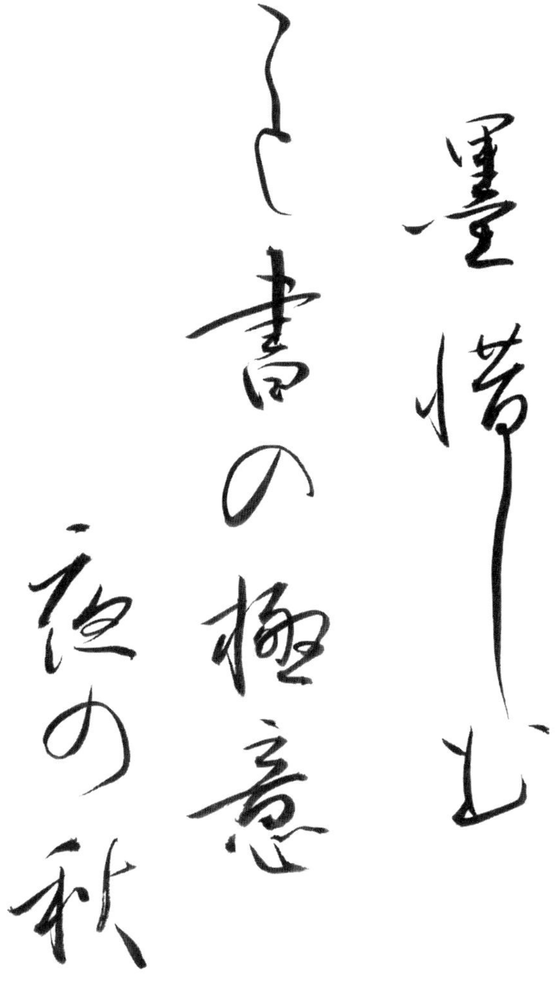

墨惜しむこと書の極意夜の秋

爽秋

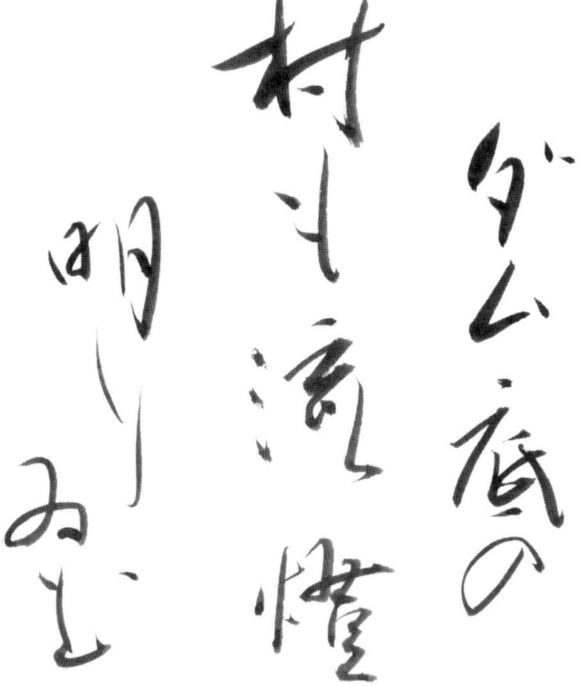

ダム底の村も流燈明りゐむ

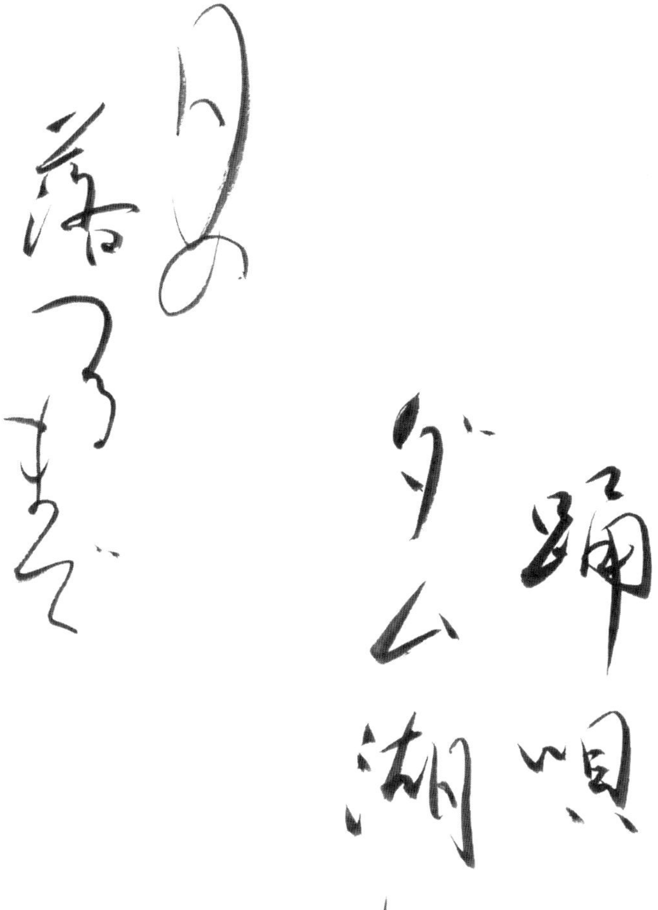

踊唄ダム湖に月の落つるまで

八月や戦火潜りし人ら老ゆ

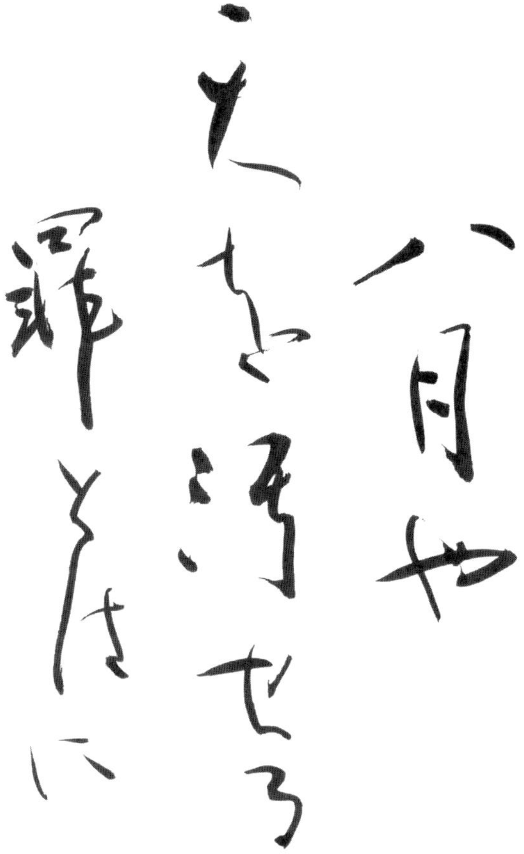

八月や天を汚せる罪とはに

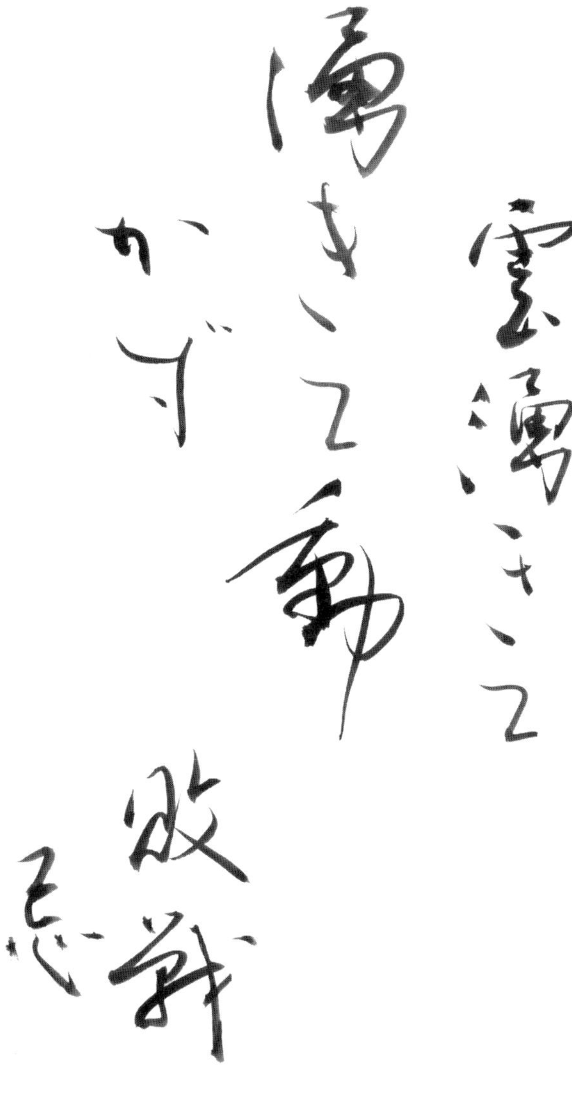

雲湧きて湧きて動かず敗戦忌

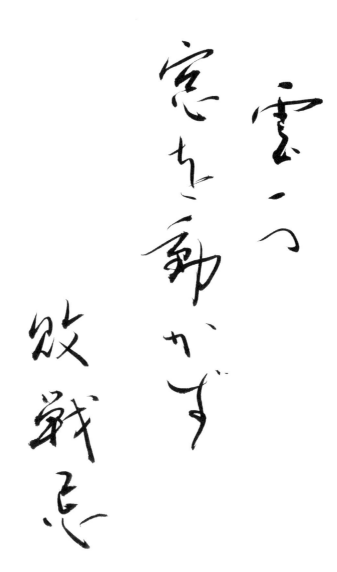

雲一つ窓を動かず敗戦忌

飽食のテレビ番組敗戦忌

飽食のテレビ番組敗戦忌

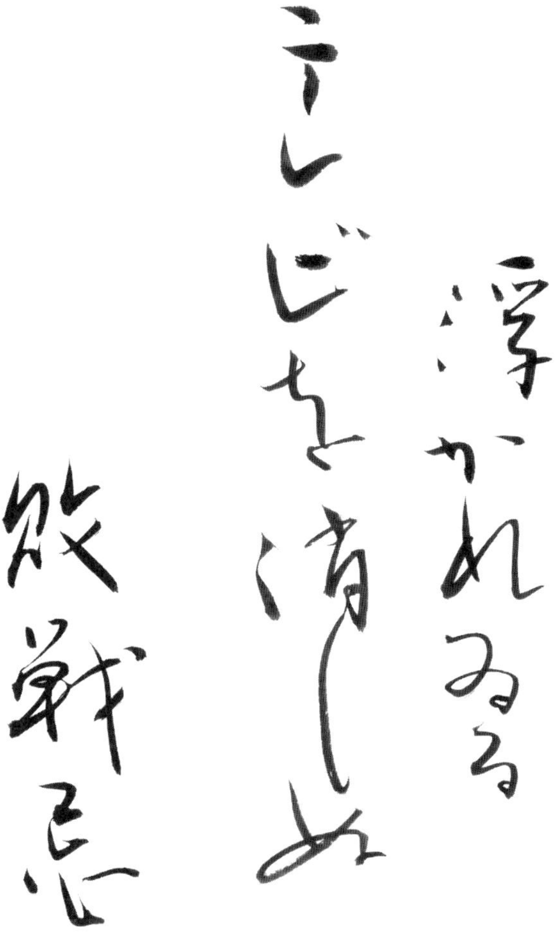

浮かれゐるテレビを消しぬ敗戦忌

筆洗ひ清めて更くる敗戦忌

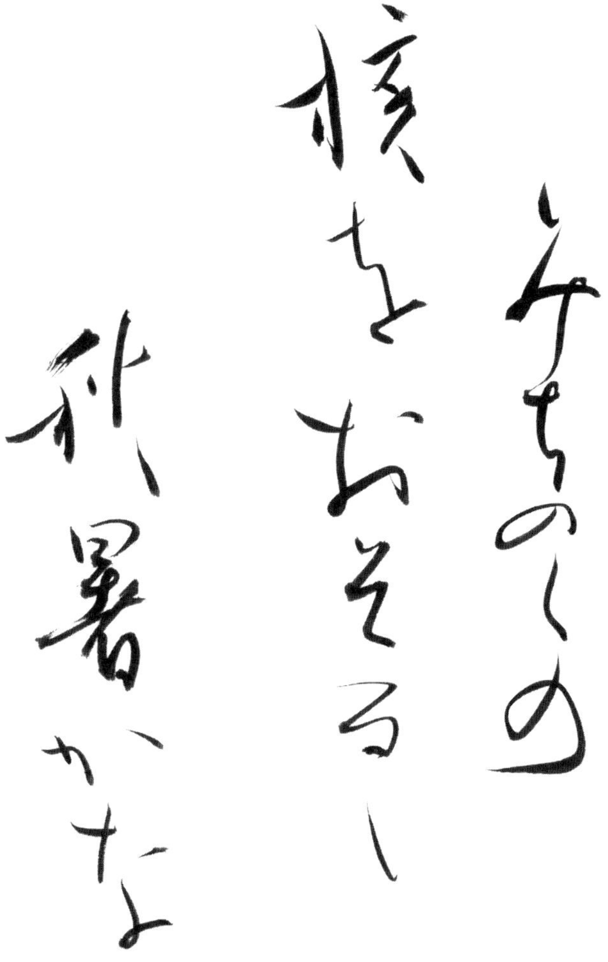

みちのくの核をおそるる秋暑かな

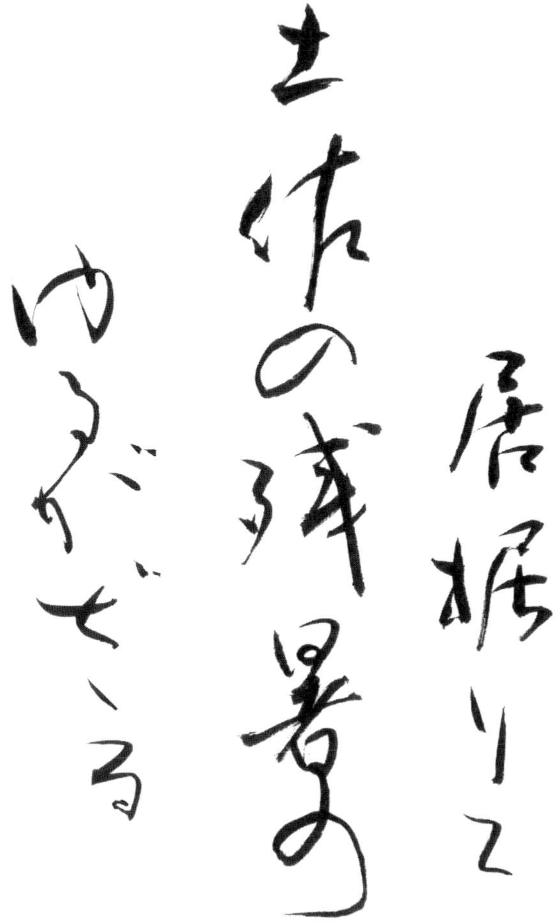

居据りて土佐の残暑のゆるがざる

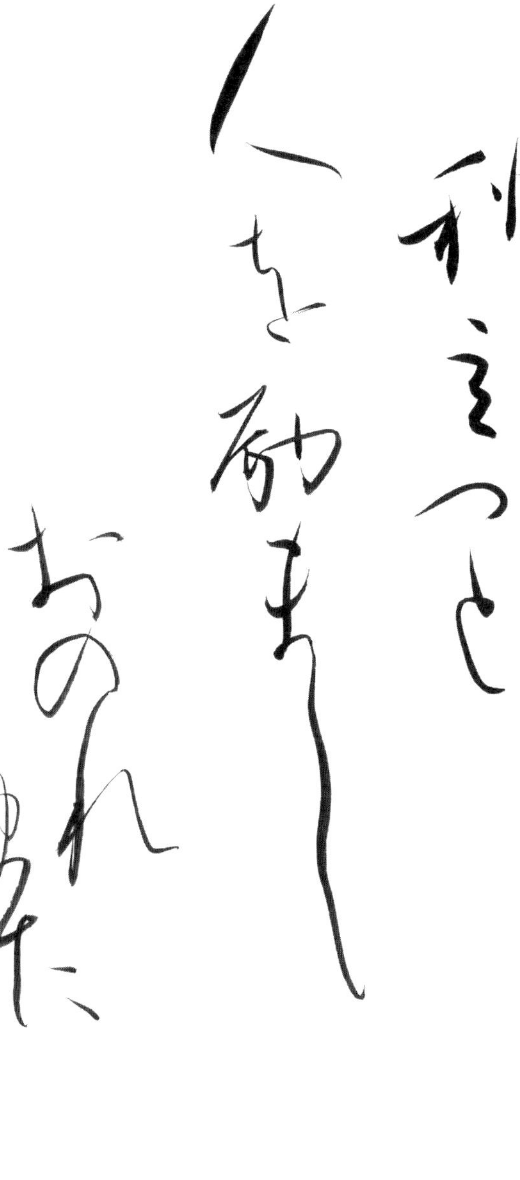

秋立つと人を励ましおのれまた

外つ国の旅にしのばす秋扇

持ち古りし筆は分身秋立ちぬ

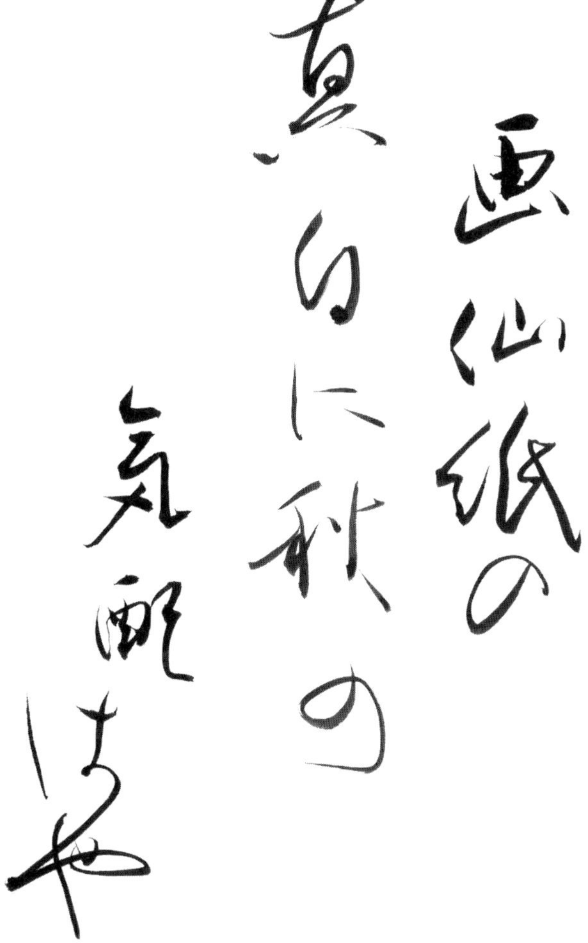

画仙紙の真白に秋の気配はや

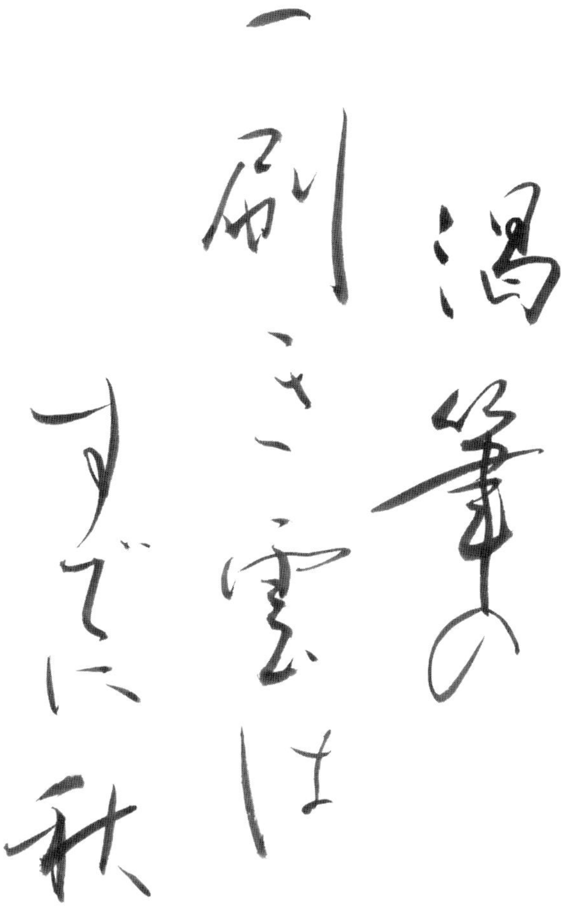

渇筆の一刷き雲はすでに秋

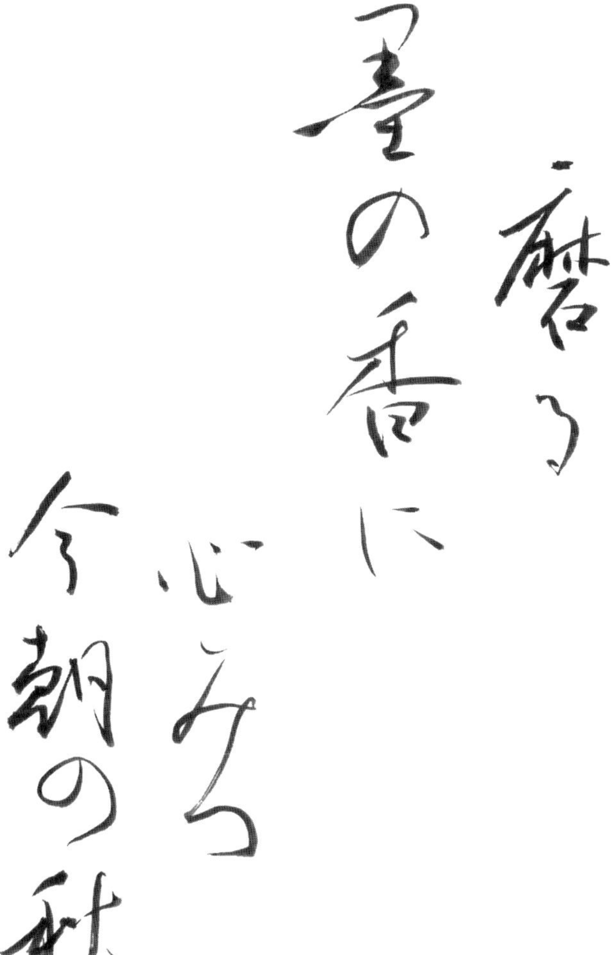

磨る墨の香に心みつ今朝の秋

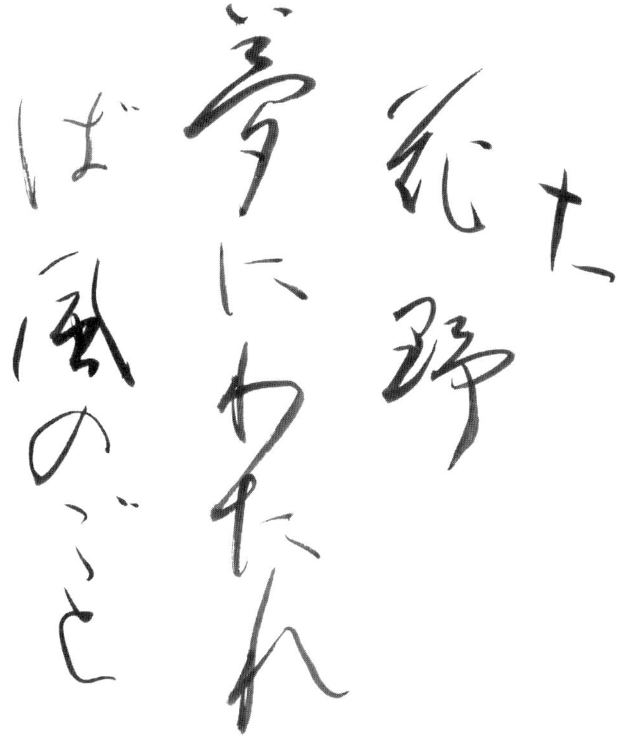

大花野夢にわたれば風のごと

露の世に人のこされて経をよむ

描かるるりんごの顔のどちら向き

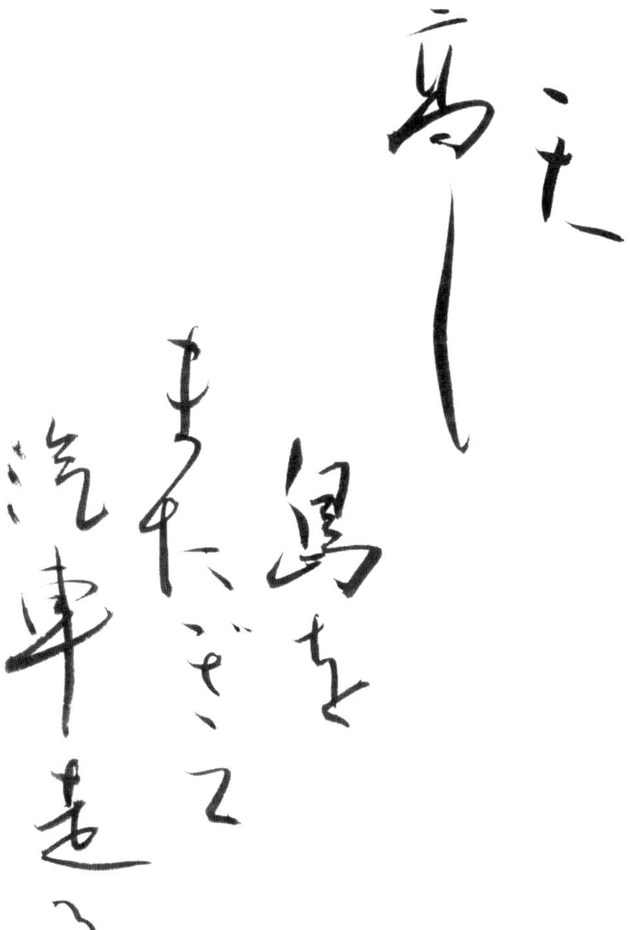

天高し島をまたぎて汽車走る

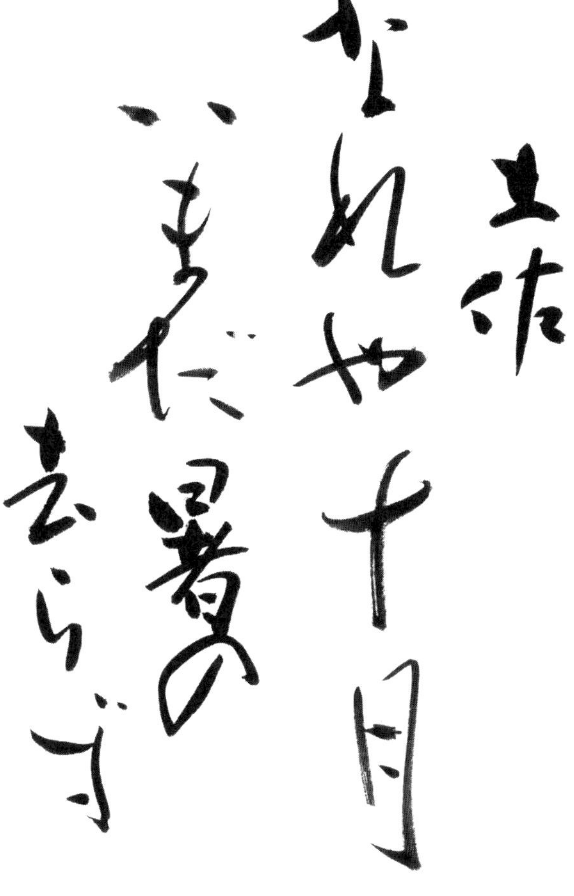

土佐なれや十月いまだ暑の去らず

灯親し穂先よく利く筆を得て

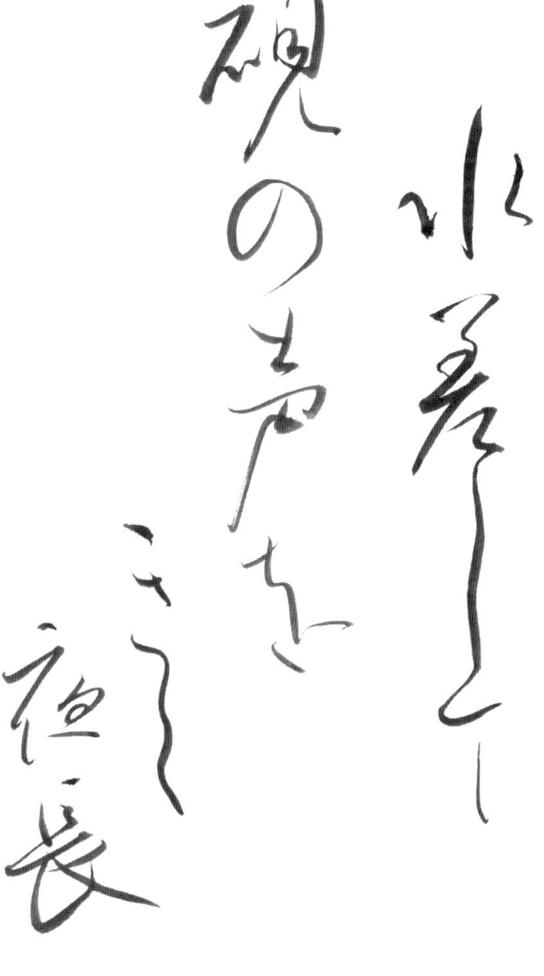

水差して硯の声をきく夜長

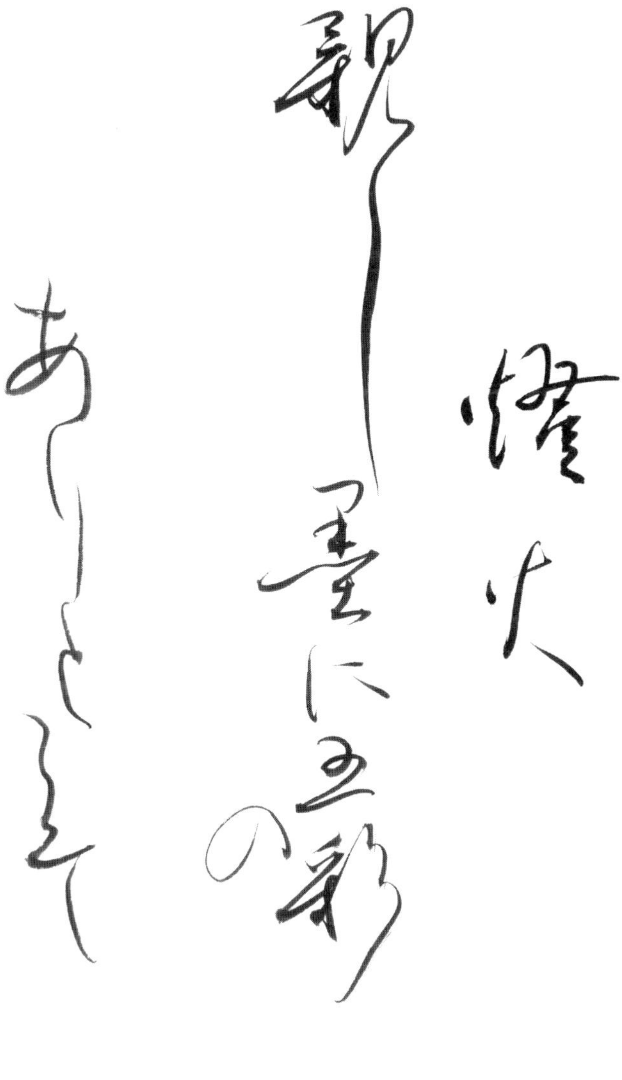

燈火親し墨に五彩のありとこそ

筆とりてみちくる力鵙高音

澄冬

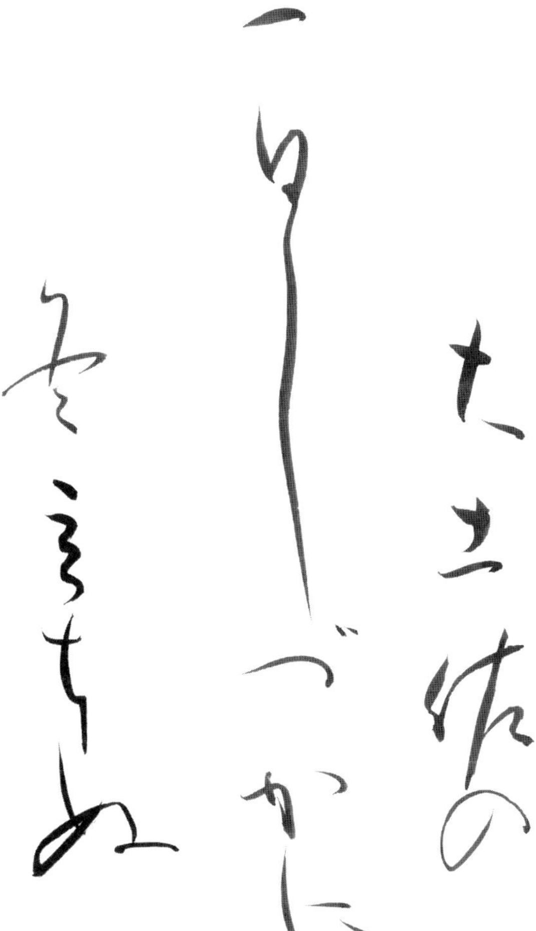

大土佐の一日しづかに冬立ちぬ

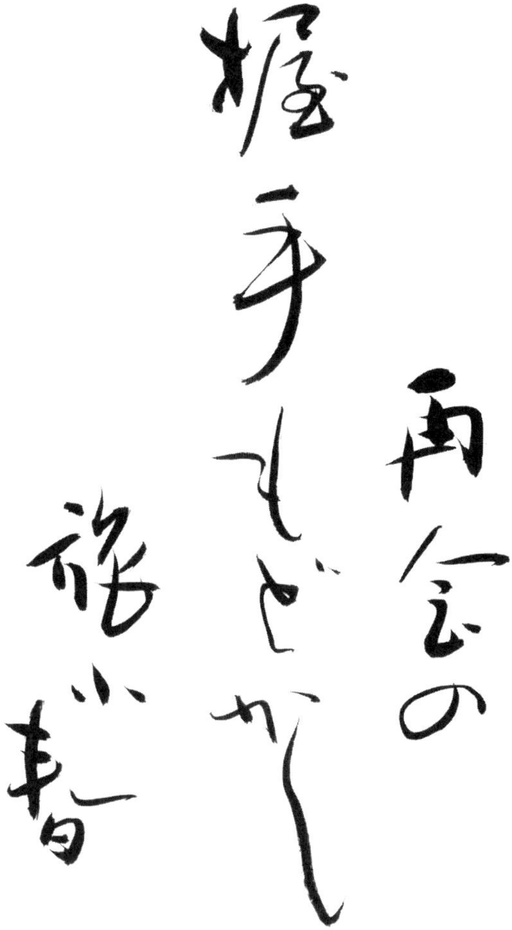

再会の握手もどかし旅小春

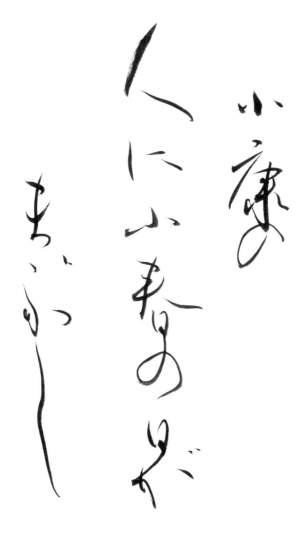

小康の人に小春の日がまぶし

方言にあたたかさあり土佐小春

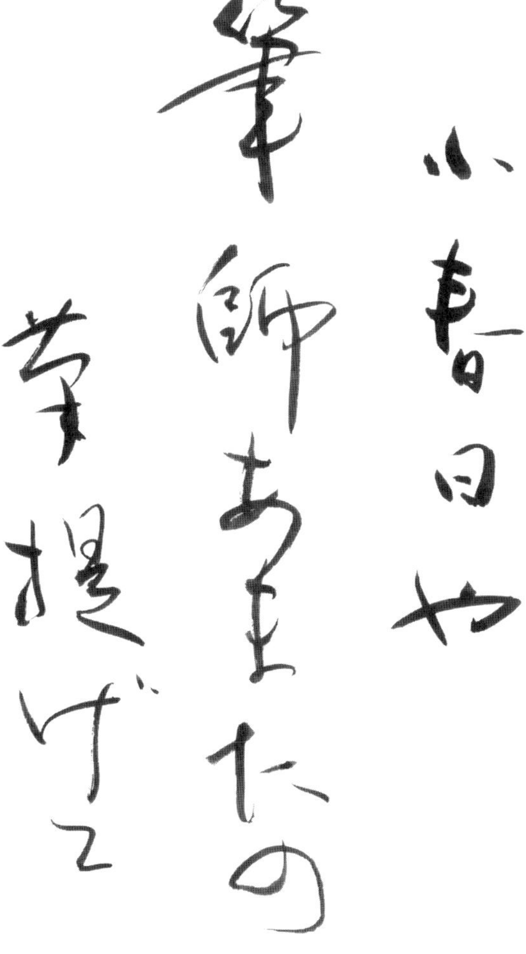

小春日や筆師あまたの筆提げて

ゆつくりと墨は磨るべし小春の日

冬麗や心にかなふ墨の伸び

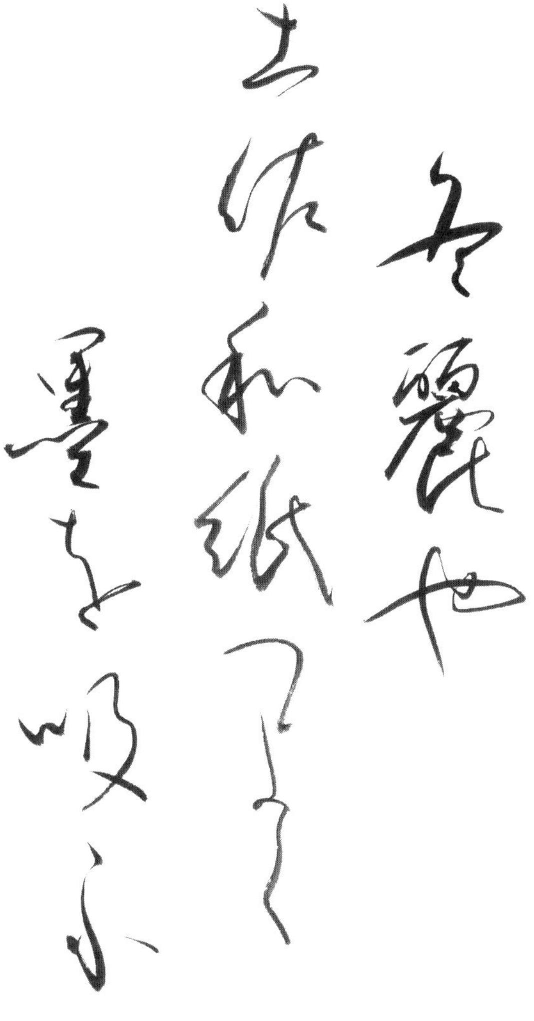

冬麗や土佐和紙つよく墨を吸ふ

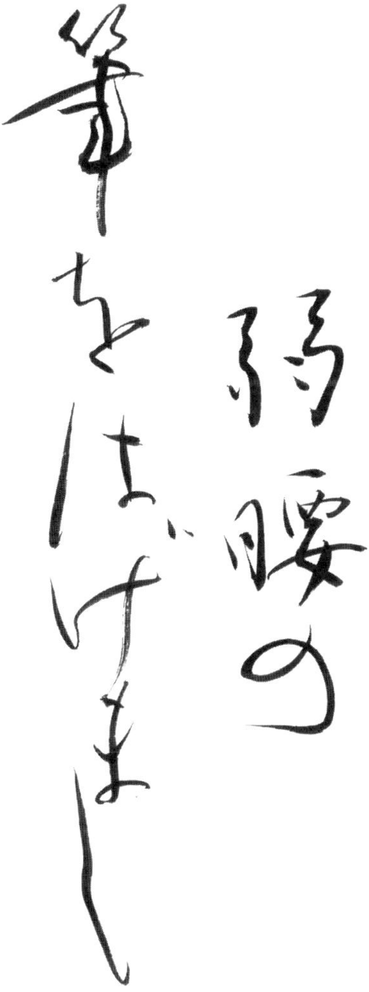

弱腰の筆をはげまし日脚伸ぶ

筆あまた使ひ散らして日短

極月の硯は塵をおきやすく

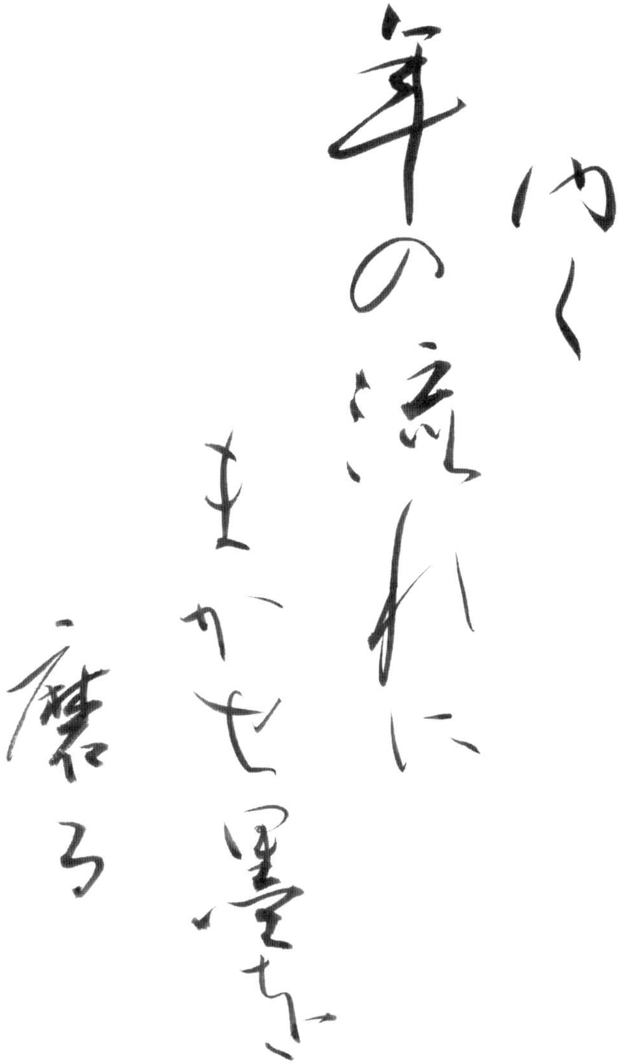
ゆく年の流れにまかせ墨を磨る

ゆく年の流れにまかせ墨を磨る

あしきことよきことあまた年移る

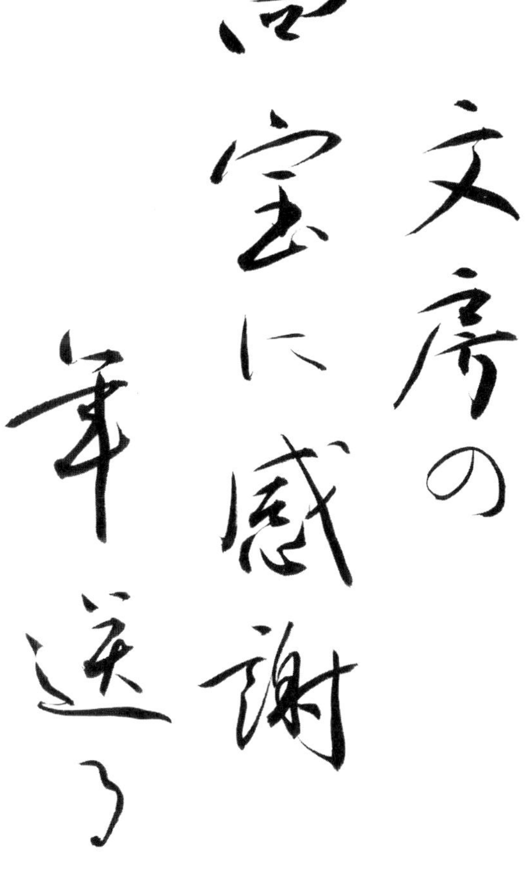

文房の四宝に感謝年送る

墨縁　畢

あとがき

「文學の森」様より句集のお誘いをいただきながら、雑事にかまけて随分時間が過ぎ、大変失礼いたしました。

ようやく近作を中心に三〇〇句位い拾い上げましたものの、いざ並べてみると、殆どが日常些事の惰性的な類形、類想句といわれるようなものでした。

それらを整理、選別し、絞り込んでゆくうちに、かつて何人かの方に「筆書きの句集などあっても」と言われていたことを思い出し、そこで一寸試し書きをしているうちに、「今回はこれで」という気持ちになってしまいました。

ところで筆書きの場合、句数が多過ぎると煩わしくなりますので、一頁に一句のみとし、計一〇〇句と設定、無機質で整然とした活字群の雰囲気から、表情を露わにする筆文字の流れへと、大きくイメージが変わりました。従って、この内容、体裁では句集とも、また書作集ともつかぬものになっております。

この出版に際しましては、姜琪東先生、寺田敬子企画出版部長様、齋藤春美様に専門的なご指導、ご配慮をいただきました。まことに有難うございました。

たくさんの立派な句集を世に送り出しておられる、名だたる「文學の森」様に、このような異質の、ささやかな物をお願いし、さぞご迷惑をおかけいたしたことと存じます。

あらためて、厚くお礼申し上げます。

二〇一六年九月

岡崎桜雲

著者略歴

岡崎桜雲（おかざき・おううん）

1932年高知県に生まれる
季刊文芸誌「濤光」主宰
著　書　『南風』『濤光』（社中句集）
　　　　『雲ふむごとく』（歌集）
　　　　『土佐歌さんぽ』（共著）等

桜雲書道会主宰
自詠詩歌を中心に個展38回、百人展65回等、企画展131回

◇

現住所　〒782-0031
　　　　高知県香美市土佐山田町東本町 2-1-41
電話・FAX　0887-53-4211

句集

墨《ぼく》縁《えん》

発行 平成二十八年十一月一日
著者 岡崎桜雲
発行者 姜 琪 東
発行所 株式会社 文學の森
〒一六九-〇〇七五
東京都新宿区高田馬場二-一-二 田島ビル八階
tel 03-5292-9188 fax 03-5292-9199
e-mail mori@bungak.com
ホームページ http://www.bungak.com
印刷・製本 竹田 登

ISBN978-4-86438-587-9 C0092